神筆天下
신필천하

눈매 新무협 판타지 소설

FANTASTIC ORIENTAL HEROES

신필천하 2

눈매 新무협 판타지 소설

초판 1쇄 찍은 날 § 2011년 8월 19일
초판 1쇄 펴낸 날 § 2011년 8월 26일

지은이 § 눈매
펴낸이 § 서경석

편집부장 § 권태완
편집책임 § 주소영

펴낸곳 § 도서출판 청어람
등록번호 § 제1081-1-89호
등록일자 § 1999. 5. 31
어람번호 § 제2-2136호

주소 § 경기도 부천시 원미구 심곡2동 163-2 서경B/D 3F (우) 420-822
전화 § 032-656-4452팩스 § 032-656-4453
http://www.chungeoram.com
E-mail § chungeoram@chungeoram.com

ISBN 978-89-251-2602-9 04810
ISBN 978-89-251-2600-5 (세트)

神筆天下

신필천하

FANTASTIC ORIENTAL HEROES

눈매 新무협 판타지 소설

2

금룡표국

도서출판 청어람

目次

第一章
의(義)와 협(俠)

바람 따라 구름이 흘렀다.

한동안 진양은 구름을 따라 직례 일대를 하릴없이 돌아다녔다.

그는 흡혈마를 탈 생각을 하지 않았다.

원래 흡혈마의 주인은 임패각인데, 그가 죽자마자 흡혈마의 등에 올라타는 것이 어쩐지 불경하게 느껴진 탓이다.

산천을 유람하며 돌아다니던 진양은 시간이 지날수록 매지향에게 독설을 퍼부었던 것이 후회가 됐다.

'그분도 슬픔에 젖어 이성을 잃었던 것인데, 내가 거기에 똑같이 대응을 해버렸구나. 만약 어르신께서 하늘나라에서 보셨다면 아마 나를 호되게 나무라셨을 거야. 언제라도 다시 만나게 되거든 정중히 사과를 드리자. 그분과 생사를 다투게 되는 날이 오더라도 반드시 사과는 해야겠다.'

진양은 돈이 없었기 때문에 주로 야산에서 지낼 수밖에 없었다. 배가 고프면 사냥이나 낚시를 해서 배를 채웠고, 밤에는 나뭇가지에 올라가서 잠을 잤다.

어느덧 그렇게 보름이 흘렀다.

여느 때처럼 나뭇가지 위에서 잠을 자고 일어난 진양은 나무 기둥에 매어 있는 흡혈마를 잡고 이끌었다.

한데 어찌 된 일인지 흡혈마가 꼼짝을 하지 않았다. 어르고 달래어봤지만 흡혈마는 한 발자국도 움직이려고 하지 않았다.

"갑자기 왜 그러는 거야? 배가 고파? 어젯밤에도 멧돼지를 잡아다가 피를 잔뜩 먹었잖아."

푸르르릉!

흡혈마는 여전히 고집을 부리며 고개를 돌려 진양을 외면했다.

진양이 다시 갈기를 부드럽게 쓰다듬으며 말했다.

"혹시 어르신이 그리운 거야? 이제 너도 그분을 놓아드려야지. 이제 내가 너를 보살펴 줄 거야. 그러니 어서 가자."

하지만 흡혈마는 다시 고개를 이리저리 저으며 콧김을 뿜어댔다.

푸릉! 푸릉!

마치 그런 이야기가 아니라고 말하는 듯했다.

"도대체 왜 그래? 오늘따라 정말 이상하네."

이히힝!

"자, 그만 가자. 지금까지 잘 다녔잖아. 가자."

이히히힝!

여전히 말이 고개를 휘저으며 저항했다.

도저히 뜻이 통하지 않자 진양은 힘으로 흡혈마를 이끌기 시작했다.

본래 어지간한 힘으로는 흡혈마를 이끌 수 없었지만, 진양은 내공이 심후했기 때문에 크게 어려운 일은 아니었다.

한데 꼬박 일 리를 나아가는 동안 흡혈마는 줄기차게 저항했다. 보통 저항을 하더라도 힘으로 사오 장을 끌고 가면 흡혈마는 곧 수긍하곤 했다.

그런데 이번만큼은 일 리를 나아가도록 저항을 멈추지 않은 것이다.

물론 진양의 내공이 워낙 심후하니 이대로 계속 끌고 가지 못할 것도 없었다.

하지만 여느 때와 너무도 다르니 진양도 걸음을 멈추고 흡혈마를 돌아보았다.

"도대체 왜 그러는 거야? 뭘 어떻게 해주길 바라는 거야?"

그러자 흡혈마가 고갯짓을 하며 '푸르릉' 콧김을 내뱉었다. 아까부터 이런 행동을 줄곧 보여왔다.

그러고 보면 분명 무슨 뜻을 담고 있는 듯한데, 진양으로서는 도무지 알 길이 없었다.

'혹시… 내가 올라타길 바라는 건가?'

문득 든 생각에 진양이 흡혈마의 등을 바라보았다.

흡혈마의 등에는 안장도 얹혀 있지 않았다. 게다가 몹시 마른 체구였기 때문에 등에 올라타는 건 어쩐지 미안한 생각이 들었다.

진양은 가만히 생각을 하다가 혹시나 싶어서 물었다.

"혹시 내가 타길 바라는 거야?"

그러자 흡혈마가 기다렸다는 듯이 콧김을 뿜으며 고개를 끄덕였다.

어쩐지 콧김 소리가 지금까지와는 달리 시원하고 즐거워 보였다.

'정말 내가 타길 바라는 걸까? 이 비루먹은 말이 날 태울 수 있기나 한 걸까? 하긴 어르신도 태웠으니 나라고 못 태울 건 없겠지.'

진양은 잠시 망설이다가 결국 말에 올라타기로 마음먹었다.

흡혈마는 진양이 곁으로 다가오자 마치 어서 타라는 듯 몸을 바짝 붙여왔다.

'네 뜻이 정 그렇다면…….'

진양이 몸을 훌쩍 날려서 흡혈마의 등에 올랐다.

한데 그 순간 양진양은 전신을 찌릿하게 울리는 감각에 하마터면 말 위에서 떨어질 뻔했다. 흡혈마가 워낙 마른 탓인지 등뼈가 진양의 회음혈(會陰穴)을 정확히 내찌른 것이다.

"헉!"

진양이 반사적으로 말고삐를 움켜잡으며 당겼다.

그러자 흡혈마가 앞발을 높이 치켜들더니 긴 울음을 터뜨리고는 내달리기 시작했다.

느닷없는 질주에 진양은 깜짝 놀라서 다시 고삐를 잡아당기려고 했다.

하지만 허벅지 안쪽과 종아리의 혈도가 바늘로 찌르는 듯 아파오기 시작했다. 그러다 보니 전신의 힘이 쭉 빠져나가서 고삐를 잡아당길 수도 없게 됐다.

진양은 정신이 없는 와중에도 말 등에 올라탄 것을 뼈저리게 후회했다.

'말이 뼈밖에 없어서 달릴 때마다 전신을 쑤셔대는구나!'

이제 몸에 힘이 들어가지 않으니 그대로 낙마하는 수밖에 달리 방법이 없었다.

한데 진양이 중심을 잃고 떨어지려는 순간, 막혔던 혈이 거짓말처럼 뚫렸다. 정말 운이 좋게도 막혔던 부분이 다시 자극을 받으면서 혈이 풀린 것이다.

진양은 얼른 고삐를 잡아당기며 말을 세우려고 했다.

하지만 아무리 고삐를 잡아당겨도 흡혈마는 아랑곳도 하지 않고 내달리기만 했다. 나무와 바위가 휙휙 정신없이 지나갔다.

흡혈마는 길이 제대로 나 있지 않은 숲 속도 마구 뛰어다녔다.

문제는 흡혈마가 뛸 때마다 진양의 하반신을 쉴 새 없이 자극한다는 것이다. 말뼈가 연신 경혈을 두드려 대니 흡사 고문을 당하는 것과 같았다.

"아얏! 윽! 아악!"

진양의 입에서 연이어 비명이 터져 나왔다.

그런데 시간이 지나면서 진양은 내력을 운용해 자극받는 부위의 혈도를 차단할 수 있게 됐다. 그러다 보니 온몸을 쑤셔대던 고통도 점차 줄어들었고, 말을 타는 자세가 조금씩 좋아지기 시작했다.

순간 진양은 한 가지 생각이 머릿속을 스쳤다.

'아, 흡혈마가 내력을 운용하는 거였구나!'

그러고 보니 지금까지 계속 이어졌던 자극은 단지 무언가에 찔리는 느낌이 아니었다.

마치 혈도를 통해서 어떤 기운이 전신을 찌르르 통과하는 듯한 감각이었다.

진양은 그제야 흡혈마가 단순한 준마가 아니라는 것을 깨달았다.

'어르신께서는 흡혈마가 영물이라고 하셨지. 흡혈마는 내력을 운용하고 있는 거였어. 한낱 말이 내력을 운용할 줄 알다니 정말 대단하구나.'

진양은 내심 감탄을 금할 길이 없었다.

간혹 내단이나 독단을 형성하는 영물들이 존재한다. 그런 영물들은 신성한 것을 먹거나 타고난 본능으로 내력을 운기해서 내단을 형성한다.

흡혈마도 영물에 속한다.

한데 흡혈마는 단순히 내단을 형성하거나 내력을 운기하는 수준에서 그치지 않는다.

바로 자신의 등에 탄 사람과 내력으로 교감이 가능한 것이다.

사실 흡혈마도 처음부터 이러한 것이 가능하지는 않았다.

임패각은 흡혈마가 여느 말과는 다른 영물이라는 것을 곧장 알아보았다. 그 후로 그는 말을 탈 때마다 의식적으로 발뒤꿈치로 말의 배를 툭 치며 공력을 주입시키곤 했던 것이다.

이러한 교감은 말의 건강에도 도움을 주는 것이었고, 임패각에게도 이로운 것이었다. 서로의 공력이 상호작용을 일으키니 마치 말을 타는 동안 임패각은 부드러운 안마를 받는 것과 비슷한 효과를 누릴 수 있었다.

전신의 진기가 상호작용을 통해 활발하게 주천하니 말을 타고 가는 행위만으로도 내공 수련에 도움이 되는 셈이었다.

그런데 이런 사실을 까마득하게 모르고 있던 진양은 말을 타자마자 전신을 찔러대는 듯한 감각에 깜짝 놀라고 말았던 것이다.

자신의 몸에 공력이 주입되었을 거라고는 꿈에도 생각지 못하고, 대신 뼈마디가 몸을 찔렀다고 착각한 것이다.

'하긴 아무리 말이 말랐기로 뼈가 내 몸을 찌른다는 게 가당키나 할까?'

진양은 그 뒤로 자연스레 내력을 운기해서 말을 타는 데 불편함이 없도록 했다.

처음에는 말을 타면서도 공력을 운기해야 한다는 것이 몹시 번거로웠지만, 시간이 지날수록 오히려 정신이 맑아지고 몸이 가벼워짐을 느낄 수 있었다.

흡혈마 역시 진양과 공력으로 교감을 하니 아무리 먼 거리를 달려도 지치는 기색이 없었다.

진양은 잠을 자거나 밥을 먹는 시간을 제외하고는 말을 타고 달리기만 했다.

그렇게 한 달여가 흘렀다.

어느 날 진양은 말을 탄 채로 광덕현(廣德縣) 일대를 배회하다가 산길을 터벅터벅 올라갔다.

마침 날씨가 따뜻하고 오반을 먹은 직후였기에 진양은 밀려오는 졸음을 이기지 못하고 말 등에 앉은 채 꾸벅꾸벅 졸고 있었다.

물론 보통 사람이라면 흡혈마를 타면서 잠을 잔다는 것은 상상도 못할 일이었다.

하지만 이때쯤 진양은 이미 무의식중에서도 내공을 본능에 따라 운기할 수 있었기에 큰 문제가 없었다.

그렇게 얼마나 산길을 올랐을까?

진양은 문득 귓가를 스치는 인기척에 놀라서 잠에서 깨어났다. 주위를 두리번거리니 나무와 수풀이 울창한 숲 속이었다.

인기척은 왼편 숲 깊은 곳에서 들려오고 있었다.

보통 그 정도의 거리라면 일반인들이 온 신경을 집중해야 들을까 말까 한 수준이었다.

하지만 내공이 심후한 진양은 바로 곁에서 들리는 것처럼 생생했다. 가만히 주의를 기울여 보니 인기척은 한 사람의 것이 아니었다.

몹시 민첩하면서도 조직적으로 움직이는 듯했는데, 대략 스무 명 정도로 짐작됐다.

진양은 문득 호기심이 일었다.

'저렇게 많은 사람들이 어딜 바삐 가고 있는 것일까? 더구나 평탄한 길을 두고 어째서 험난한 숲을 지나고 있는 것일까?'

곰곰이 생각하던 진양은 이내 고개를 설레설레 저었다.

'괜히 호기심 때문에 나섰다가 피해를 볼지도 모르니 멀찌감치 벗어나자.'

하지만 말을 타고 몇 걸음 가지 못해 진양은 다시 멈춰 서서 고민에 잠겼다.

'아니야. 만약 저들이 나쁜 짓을 저지르려고 한다면 응당 나서서 말려야 할 일이다. 어르신께서는 올바른 일에 힘을 쓰라고 하시지 않았던가?

일생을 옳은 일에 힘쓰다가 죽은 임패각을 떠올리자 진양은 문득 자신의 안일한 마음이 부끄러워졌다. 더구나 흡혈마를 타고 있으니 그의 당부가 더욱 머릿속에서 맴돌았다.

결국 진양은 말고삐를 잡아 돌렸다.

"우리도 저들을 몰래 쫓아가 보자꾸나."

흡혈마가 걸음을 돌려 다시 길을 되돌아가기 시작했다.

진양은 조금 거리를 두고 인기척의 뒤를 쫓았다.

흡혈마가 영물인데다가 진양 역시 내공이 심후하니 기척을 숨기는 것은 그리 어려운 일이 아니었다.

한참을 가다 보니 그들의 인기척이 숲 한곳에 운집해 있는 것이 느껴졌다.

그곳은 제법 널찍한 관도를 앞둔 숲 속이었다.

아마도 무언가가 지나가길 기다리면서 매복하고 있는 듯했다.

진양은 흡혈마에 탄 채로 관도까지 걸어나갔다. 그러고는 마치 숲 속에 잠복해 있는 사람들을 전혀 의식하지 못한 것처럼 커다란 바위 곁에 앉아 쉬었다.

숲 속에 숨은 자들도 진양을 그리 신경 쓰지 않는 듯했다.

진양은 길가에 핀 꽃을 꺾기도 하고, 풀피리를 불기도 하면서 적당히 시간을 보냈다.

그렇게 뜨거운 차 한 잔 마실 정도의 시간이 흘렀을 때다. 남쪽 언덕 아래에서 바람에 휘날리는 표기가 천천히 모습을 드러내기 시작했다.

'뭔가 나타났군.'

진양이 바위에 올라서서 바라보니 한 무리의 사람들이 수레를 이끌며 천천히 올라오고 있었다. 깃발에는 금빛 수실로 용 한 마리가 새겨져 있었는데, 막 구름을 뚫고 승천하는 모습이었다. 깃발이 바람결에 펄럭이니 마치 금룡(金龍)이 살아서 비상하는 듯했다.

태어나서 처음으로 표행(鏢行)을 목격한 진양은 감개가 무량했다.

커다란 깃발과 건장한 보표(保鏢)들, 그리고 호송물을 둘러싸고 행진하는 쟁자수(爭子手)들까지.

이들 표행의 위풍당당한 모습을 보고 있자니 아직 강호 경험이 부족한 진양은 괜히 마음이 두근두근 설레었다.

표행의 인원은 대략 삼십여 명에 달했다.

진양은 난생처음 보는 광경에 한참 동안 멍한 표정으로 서 있었다.

그렇게 그들이 진양의 앞을 지나쳐 일 리 정도 나아갔을 때다. 순간 느닷없이 화살 한 대가 날아오더니 표사(鏢士) 한 명을 아슬아슬하게 스치고 수레에 박혔다.

그 바람에 멍하니 지켜보고 있던 진양도 깜짝 놀라고 말았다.

'아, 그렇구나! 잠복해 있던 자들은 저 표행을 노렸던 거구나!'

진양은 섣불리 나서지 않고 흡혈마에 올라탄 채 가만히 돌아가는 상황을 지켜보았다.

마침 표두 중 한 명이 앞으로 나섰다.

죽립을 눌러쓴 자였는데, 체구가 가냘프고 몸매에서 굴곡이 느껴지는 것이 아무래도 여자인 듯했다.

죽립인은 표행이 다른 지역을 지나칠 때 으레 차리는 예로 표국의 깃발을 한 번 감았다가 펼치며 낭랑하게 소리쳤다.

"응천부의 금룡표국(金龍鏢局)이 귀하의 경내를 통과하오! 늦게나마 인사를 드리겠으니 모습을 보이시기 바라오!"

청아한 목소리를 들어보니 틀림없는 여자였다.

그러자 숲 속에 매복해 있던 흑의인들이 우르르 쏟아지듯 튀어나왔다. 모두 열다섯 명으로 진양의 생각보다는 적은 인원이었다.

하지만 그들 개개인의 무예 실력이 범상치 않아 보였다. 그

중에서도 유독 두 명의 무공이 고강해 보였는데, 아무래도 무리의 우두머리인 듯했다.

한데 이상한 것은 그들 중 한 명만이 복면을 쓰고 있다는 점이었다.

여인이 다시 소리쳤다.

"저는 금룡표국의 유설(柳雪)이라고 합니다. 여러분의 높으신 존함은 어찌 되시는지요?"

여인은 시종일관 예의를 잃지 않았다.

하지만 흑의인들은 여전히 적의를 거두지 않은 듯 냉랭한 시선으로 보표들을 훑어보기만 했다.

흑의인 중에서 텁석부리사내가 앞으로 성큼 나오더니 말했다.

"우리 이름은 알 것 없다!"

몹시 무례한 태도였지만 여인은 동요하지 않았다. 대신 손을 들어 올려 표사 한 명에게 무언가를 지시했다.

그러자 표사 한 명이 얼른 수레에서 상자 하나를 가지고 오더니 텁석부리사내에게 내밀었다. 상자 안에는 은자가 가득 들어 있었다.

여인이 침착한 목소리로 말했다.

"작은 정성이니 받아주시고 경내를 지나갈 수 있도록 허하여 주시지요."

표국이 산적이나 수적을 만났을 때 통상적으로 사용하는 방법이었다. 이런 경우 상대는 적당히 예물을 거두어들이고 표행이 지나가도록 허락하는 것이 강호상의 예절이었다.

만약 이를 거부하고 표행에 해를 끼치기라도 한다면 전 강호의 표국을 상대로 전쟁을 선포하는 것이나 다름없는 행위였다.

더구나 응천부의 금룡표국은 표국 중에서도 명망이 높은 곳이라 아무리 겁없는 녹림이라도 함부로 건드릴 수 없는 곳이었다.

한데 텁석부리사내는 코웃음을 치면서 상자를 받지 않았다.

"흥! 이 정도로는 턱없이 부족하지! 우리를 거지로 아는 모양이군!"

그의 말에 보표들의 표정이 매섭게 변했다.

죽립의 여인도 더 이상은 참지 못하겠는지 목소리가 사뭇 매서워졌다.

"그럼 귀하는 무엇을 바라시오?"

"크하하하! 그쪽이 몸이라도 바친다면 한번 생각해 보지!"

그의 말에 표두 한 명이 발끈해서 소리쳤다.

"저런 무엄한!"

이제 표행과 흑의인들 사이에서는 일촉즉발의 긴장감이 팽팽하게 흘렀다.

한편 멀리서 지켜보던 진양은 텁석부리사내가 어쩐지 낯이 익었다.

하지만 한참 동안 기억을 더듬어보아도 사내가 누구인지 좀처럼 생각나지 않았다.

"아악!"

그때 느닷없이 비명이 터졌다.

텁석부리사내 옆에 서 있던 복면인이 다짜고짜 검을 휘둘러 상자를 가져왔던 사내를 베어버린 것이다.

"저, 저런!"

"호송물을 보호하고 놈들을 막아라!"

순식간에 보표들이 소리를 내지르며 흑의인들을 향해 쇄도했다.

"흥! 감히 우리 상대가 될 것 같으냐?"

흑의인들도 거침없이 보표들에게 부딪쳐 갔다.

관도는 순식간에 아수라장으로 변해 버렸다.

여기저기서 욕설과 고함 소리, 비명 소리가 터져 나왔다. 각종 병기가 서로 어우러지면서 금속성이 터져 나오고 피가 튀었다.

그중에서도 텁석부리사내, 복면인, 세 명의 표두는 단연 무공이 돋보였다.

진양은 잠시 표국을 도와야 할지 말아야 할지 알 수가 없었다. 혹시라도 저들 사이에 은원이 있다면 괜히 제삼자가 끼어들 일이 아니라는 생각이 든 것이다.

한데 지켜보고 있자니, 흑의인들은 무공을 전혀 모르는 쟁자수들조차 가리지 않고 마구 죽여대고 있었다. 게다가 흑의인들의 무공이 꽤나 고강해서 보표들이 무척 애를 먹고 있었다.

이를 보니 자연스레 그의 마음이 표국을 돕고자 하는 쪽으로 기울어갔다.

그런데 그가 미처 움직이기도 전에 갑자기 흡혈마가 길게 울부짖더니 무작정 내달리기 시작하는 것이 아닌가.

이히히힝!

"으엇! 왜 그래?"

흡혈마는 단숨에 싸움이 벌어지는 곳까지 달려갔다.

마침 유설과 표두 한 명을 맞아 싸움을 벌이고 있던 텁석부리사내는 진양을 태운 흡혈마가 거침없이 달려들자 얼른 몸을 물렸다.

"으익! 뭐냐?"

"우와아아! 진정하라니까!"

진양이 고삐를 쥔 채 이리저리 흔들리며 소리쳤지만 흡혈마는 막무가내였다.

흡혈마는 마치 물 만난 물고기라도 된 양 싸움터를 이리저리 누비며 다녔다.

그 바람에 한창 어우러져서 서로에게 무기를 휘두르던 사람들이 잠시 거리를 두고 물러났다. 그러고는 갑자기 나타난 난동객을 멍하니 바라보았다.

진양이 정신을 차리고 보니, 흡혈마는 쓰러진 자들의 피를 핥아 먹고 있었다.

본래 흡혈마는 무인의 피를 가장 좋아하는데, 그동안 야생동물의 피만 먹어왔던지라 내심 불만이 쌓였던 것이다. 그러다가 오늘 이렇게 싸움터에서 사람의 피를 보게 됐으니 눈이 뒤집히고 만 것이다.

텁석부리사내는 난데없이 나타난 진양과 흡혈마를 보고는 불쑥 노기가 치솟았다.

"이것 봐! 여기서 뭐하는 거야? 썩 꺼지지 못해!"

그때 복면을 쓴 사내가 짜증스런 목소리로 텁석부리사내에게 말했다.

"위 형, 저깟 애송이한테 뭣하러 소리치는 거요? 그냥 죽여 없애면 그만일 것이지!"

몹시 탁한 목소리였는데, 듣는 이의 눈살이 절로 찌푸려질

만큼 듣기가 거북했다.

복면인이 검을 뽑아 든 채로 흡혈마를 향해 저벅저벅 걸어갔다. 그의 전신에서 살기가 무럭무럭 피어오르는 것이 단칼에 진양을 죽일 생각인 듯했다.

이를 본 유설이 얼른 그 앞을 가로막았다.

"잠깐! 저 사람은 우리와 아무런 관련이 없는 자예요. 무고한 인명을 다치게 할 필요가 있겠어요?"

이때쯤 진양은 흡혈마의 상태를 살펴보느라 여념이 없었다.

그러다가 문득 들려온 아름다운 목소리에 고개를 돌려보니, 유설이 자신을 가로막으며 서 있는 것이 아닌가.

이에 진양은 내심 감동을 받아 그녀에게 완전히 마음이 기울었다.

반면 복면인은 코웃음을 치더니 불쑥 왼손을 뻗어왔다. 그의 출수가 놀랍도록 빠른지라 유설은 얼른 물러나며 피했다.

한데 복면인의 일장은 허초였다. 그는 길이 열리자마자 잽싸게 몸을 날려 진양의 배후로 다가갔다. 이제 그가 일검을 휘두르면 꼼짝없이 진양의 목이 날아갈 터였다.

한데 그가 막 검을 부리려는 찰나, 흡혈마가 느닷없이 뒷다리를 불쑥 들어 올리며 내뻗었다.

이히히힝!

깜짝 놀란 복면인이 얼른 장을 뻗어내서 막았다.

퍼억!

이때 복면인은 손바닥에 내공을 가득 실었다. 때문에 보통의 경우라면 말 다리가 부러졌어야 정상이다.

한데 복면인은 마치 쇳덩이를 두드린 것 같은 충격을 받으며 뒤로 훌쩍 물러나서 착지했다.

'저 말이 보통이 아니구나!'

복면인이 날카롭게 소리쳤다.

"네 이놈! 정체가 뭐냐?"

역시나 듣기 싫은 목소리였다.

진양이 잔뜩 이맛살을 찌푸리고는 흡혈마에서 훌쩍 뛰어내렸다.

그가 양손을 맞잡으며 예를 차렸다.

"불초 후배는 그저 길을 지나가던 나그네입니다. 여러 선배님들께 피해를 끼쳤다면 죄송합니다."

분위기가 흉흉한 와중에도 깍듯하게 예를 차리는 모습을 보고는 표국 사람들은 물론 흑의인들도 조금은 놀란 표정이었다.

'나이도 어린 것 같은데 담이 크군!'

모두들 같은 생각으로 진양을 바라보고 있을 때, 유설이 그에게 다가갔다.

"공연히 저희 일에 말려들까 걱정이군요. 이곳은 위험하니 어서 길을 떠나시지요."

그야말로 옥구슬이 은쟁반을 구르는 듯한 목소리였다.

원래 진양은 표국 사람들에게 좀 더 호의를 품고 있었다.

하지만 남의 일이라서 함부로 끼어들 생각은 없었다.

그런데 유설이 이처럼 자신을 위해주자 자신도 표국 사람들을 돕고 싶다는 생각이 들었다. 그래서 일단은 유설의 호의를 받아들이는 척 대답했다.

"베풀어주신 호의에 감사드립니다. 그럼 소생은 방해하지 않고 물러가도록 하겠습니다."

진양이 흡혈마의 고삐를 쥐고 잡아당겼다.

하지만 이제 신나게 피를 핥아 먹고 있던 흡혈마로서는 이 자리를 떠날 마음이 전혀 없었다.

진양이 막 힘으로 끌어내려는데, 마침 텁석부리사내가 다가오며 소리쳤다.

"누구 마음대로 끼어들었다가 물러난단 말인가? 그쪽이 표국과 한패거리일지도 모르는 일이니 이대로 보낼 순 없다!"

그러자 유설이 발끈해서 맞받아쳤다.

"이 사람은 금룡표국과 전혀 상관없는 사람이에요! 그리고 우리 표국이 댁들과 원수진 일이 없을 것인데, 어째서 우리 길을 방해하는 건가요?"

"흥!"

텁석부리사내는 콧방귀만 뀔 뿐 아무런 대꾸도 하지 않았다.

이때 성질이 급한 복면인이 일갈을 터뜨리며 진양에게 날아들었다.

"놈! 물러가려거든 그 목을 놓고 가거라!"

복면인의 신법이 워낙 빨랐기에 아무도 그를 막을 수가 없었다. 눈 깜짝할 사이에 진양의 코앞에 다다른 그가 검을 세로로 내려쳤다.

그 순간 진양은 소매에서 굵은 붓 자루를 꺼내 들었다.

까앙!

청명한 금속성이 울리면서 복면인이 놀란 눈을 부릅떴다.

'어떻게!'

붓 자루가 복면인의 검을 막아내고 있었다.

진양이 곧이어 질풍권을 내질렀다.

슈우욱!

"헉!"

복면인이 화들짝 놀라며 왼손을 뻗어 막았다.

퍼엉!

질풍권이 복면인의 장에 부딪치며 큰 소리를 냈다. 가까스로 질풍권을 막아내긴 했지만, 복면인은 진양의 막강한 내력에 다시 한 번 놀랄 수밖에 없었다.

그가 주춤 물러나서 경계하자, 이번에는 텁석부리사내가 호통을 치며 달려들었다.

"어린 녀석이 겁이 없구나!"

텁석부리사내는 그대로 도를 들어 가로로 후려 갔다.

진양은 잽싸게 몸을 눕혔다.

바로 지둔도법에서 사용되는 회피 동작으로 온몸이 강시처럼 뻣뻣하게 굳은 채 움직이는 방법이었다.

텁석부리사내의 도가 그대로 진양의 배 위를 스치고 지나가자 복면인이 소리쳤다.

"조심하시오, 위 형! 놈의 내공이 보통이 아닌 듯싶소!"

그의 말이 끝맺기도 전에 진양은 이미 풍결권을 펼치고 있었다.

진양의 주먹이 마치 흐르는 물결처럼 텁석부리사내의 겨드랑이를 파고들어 갔다.

퍼억!

둔탁한 소리가 울렸다.

진양의 주먹이 제대로 텁석부리사내의 갈비뼈에 맞은 것

이다.

한데 어쩐 일인지 텁석부리사내는 별로 아픔을 느끼지 못했다. 복면인의 말대로 이 소년의 내공이 심후하다면 지금쯤 갈비뼈가 모조리 부서지고 오장육부가 뒤집어졌어야 하리라.

사실 진양은 복면인이 '위 형'이라고 부르는 말을 듣고는 내력을 일순간에 거두어들였던 것이다. 이 텁석부리사내가 누군지 그제야 기억이 난 것이다.

진양이 뒤로 두어 걸음 훌쩍 물러난 다음 예를 갖춰 물었다.

"혹시 혈사채의 위사령 선배님이 아니신지요?"

텁석부리사내가 흠칫 몸을 떨고는 진양을 바라보았다.

그는 반격할 생각도 잊은 채 눈살을 찌푸리며 물었다.

"네가 나를 어찌 아느냐?"

"후배, 양진양이라고 합니다. 일전에 위 선배님을 뵌 적이 있지요. 대략 육 년 전 일을 기억하시는지요? 그때 위 선배께서는 화산파의 제자 두 분을 추격하다가 저와 만났습니다."

위사령이 이맛살을 구기며 기억을 더듬어보았다.

육 년 전이라…….

자신이 화산파의 제자들을 쫓을 일이 뭐가 있을까?

그때 불현듯 한 가지 기억이 떠올랐다.

육 년 전에 자신이 아끼던 동생 하나가 손가락 두 개가 잘려서 돌아온 적이 있다. 이에 격분한 자신이 화산파의 제자 두 명을 뒤쫓았던 것이다.

'흠, 그때 이 소년을 만난 적이 있었던가?'

위사령은 고개를 갸웃거렸다.

그가 진양을 기억하지 못하는 것도 무리는 아니었다. 어른의 얼굴이야 세월이 흘러도 좀처럼 변하지 않는 법이지만, 아이들은 하루가 다르게 성장하지 않던가.

그동안 진양은 키도 훌쩍 자랐고 목소리도 변했으니, 위사령은 그를 좀처럼 알아보지 못한 것이다.

진양이 그의 기억을 돕기 위해 한마디 더 보탰다.

"그때 선배님께서는 제 손가락을 자르려고 했었지요. 하지만 절 보살펴 주시던 어르신 때문에 실패했습니다."

그러자 위사령은 안개가 걷힌 듯 당시의 일을 소상히 기억할 수 있었다.

"아! 그럼 네가 그때의 그 꼬마란 말이더냐?"

"그렇습니다. 실로 오랜만에 뵙습니다."

위사령은 그 어렸던 꼬마가 이렇게 장성한 것을 보니 새삼 감회가 새로웠다.

"하하하! 이제 보니 많이도 컸군. 육 년 전에도 날 방해하더니 오늘도 날 방해할 셈인가?"

마지막 질문을 던질 때는 눈빛이 서늘하게 변했다.

사실 오랜만의 재회이긴 하지만 위사령은 진양에게 어떤 호의도 적의도 없었다. 다만 방해가 된다면 언제든 제거할 대상이 될 뿐이었다.

마침 듣고 있던 복면인이 위사령에게 다가와서 물었다.

"위 형, 아는 자요?"

"그저 일면식이 있을 뿐이오."

"그렇다고 해도 이 일은 확실히 해야 할 것이오."

어쩐 일인지 복면인은 위사령에게 명령을 내리는 듯한 말투였다. 그리고 위사령은 그런 복면인을 영 탐탁찮게 여기는 표정이었다.

위사령이 퉁명스레 말했다.

"나 위사령이 그렇게 무른 인간이었다면 채주께서 날 보내셨을 것 같소이까?"

"거야 나는 확인하지 못했으니 알 수 없는 노릇이지. 만약 당신이 이번 일을 제대로 처리하지 못한다면 우리 쪽에서도……."

"흥! 그건 그때 가서나 얘기할 일이고!"

위사령이 짜증스레 말하고는 진양에게 성큼 나섰다.

"우리 악연이 또 겹쳤구나. 일전에는 네놈이 운이 좋아

멀쩡하게 갈 수 있었다만, 이번만큼은 목숨을 내놓아야겠다."

두 눈은 진양에게 향하고 있었지만 마치 복면인에게 들으라는 듯 말하고 있었다. 그만큼 자신의 의지가 분명하다는 것을 복면인에게 내비친 것이다.

진양 역시 위사령이 진심으로 자신을 죽이려고 한다는 것을 느낄 수 있었다.

무슨 이유에서인지 흑의인들은 이 싸움에 연루된 자들을 한 명도 살려두지 않으려는 것이다.

그래서 쟁자수들조차 가차없이 죽였으리라.

사태의 심각성을 깨달은 보표들이 더욱 이를 갈며 흑의인들을 노려보았다.

이렇게 된 이상 진양도 몸을 빼내기는 어려웠다.

하지만 처음부터 도망갈 생각이 없던 그로서는 내내 담담한 표정이었다.

진양은 표국 사람들을 둘러보며 가만히 생각에 잠겼다.

일단 나서긴 했는데 어떻게 이 많은 사람들을 구해낸단 말인가?

특히 무공이라고는 전혀 할 줄 모르는 쟁자수가 스무 명 남짓이다. 그나마도 서너 명은 바닥에 쓰러진 채 일어나질 못했다.

무공을 할 줄 아는 자들은 기껏 열 명 정도다. 그중에서도 흑의인들과 대등한 수준을 가진 표두는 유설을 포함해 겨우 세 명.

만약 이대로 패싸움이 된다면 표국 사람들은 살아남기 힘들 터였다.

'어떻게든 일대일의 대결을 유도해 봐야겠다.'

생각을 굳힌 진양이 한 걸음 성큼 나서며 소리쳤다.

"선배님들께서 무슨 사정인지는 모르겠으나 어차피 저도 연루됐으니 한 가지 제안을 할까 합니다. 서로 간의 빚이 있다면 정당하게 일대일의 대결을 펼쳐서 승부를 짓는 것이 어떤지요?"

강호상의 예절로 볼 때 진양의 말은 충분히 일리있는 주장이었다.

하지만 진양은 아직 강호 경험이 많이 부족했다. 세상에는 정당함보다는 비열함을 추구하는 자들이 훨씬 많다는 것을 알지 못했다.

복면인이 탁한 소리로 비웃었다.

"우리가 왜 그래야 하느냐? 어린 녀석은 잠자코 있어라!"

그러더니 그가 텁석부리사내와 흑의인들을 돌아보며 소리쳤다.

"뭣들 하시오? 저깟 애송이 말을 정말 들을 참이오? 어서 끝냅시다!"

말을 마친 그가 쏜살같이 날아가 진양에게 일검을 휘둘렀다.

동시에 흑의인들이 기합성을 터뜨리며 표국 사람들에게 달려들기 시작했다.

깜짝 놀란 진양이 얼른 뒤로 물러나며 복면인을 향해 발을 뻗었다. 수직으로 떨어지던 검날이 진양의 발끝에 차여 튕겨 나갔다.

하지만 복면인 역시 더 이상 진양을 얕잡아보지 않았기에 몸을 빙글 회전하며 곧바로 중심을 잡았다. 이어서 그가 검을 아래에서 위로 그어 올렸다.

진양은 뻣뻣하게 서 있던 자세에서 무언가에 튕겨지듯 하늘로 솟구쳤다.

지둔도법의 철돈도약 초식이었다.

복면인은 진양이 그 상태에서 하늘로 솟구칠 줄이야 짐작도 못했기 때문에 순간 당황하고 말았다. 그 찰나 진양이 양다리를 활짝 들어 올리며 두 손을 가랑이 사이로 내리고는 급격히 떨어져 내렸다.

마치 엉덩방아를 찧듯 떨어져 내리는 이 이상한 초식은 바로 질비고준이었다.

초식 하나하나가 괴상망측하기 짝이 없으니 복면인은 이내 검로가 흐트러져 반격할 기회를 잃고 말았다. 결국 양 발바닥에 진기를 가득 싣고 몸을 튕겨내는 것이 최선책이었다.

파앙!

진양의 두 손이 바닥으로 떨어지자, 마치 그 자리에 바위가 떨어진 듯 움푹 파였다.

만약 쌍장을 그대로 맞받아쳤다면 내상을 입었을 것이 틀림없었다.

그때 어디선가 비명이 연이어 터져 나왔다.

"크아악!"

"아악!"

고개를 돌려보니 흑의인들이 쟁자수들을 무참히 도륙하고 있었다.

가장 우려했던 일이 벌어지고 만 것이다.

유설을 비롯한 표두들은 위사령과 흑의인들을 상대하느라 여념이 없었고, 다른 표사들은 제 한 몸 지키는 데도 급급한 상황이었다.

진양은 점점 마음이 초조해졌다.

그가 얼른 유설 곁으로 다가갔다. 그가 붓 자루를 휘둘러 위사령의 도를 튕겨내고는 소리쳤다.

"유 표두님! 우선 이곳을 피하는 것이 좋겠습니다!"

"도와주셔서 감사해요, 양 소협. 하지만 호송물을 버리고 도망갈 수는 없어요. 저희는 신경 쓰지 마시고 양 소협부터 안전한 곳으로 피하세요."

"이놈들! 내가 눈에 보이지 않느냐?"

위사령이 노호성을 터뜨리며 도를 부렸다. 그의 도가 진양의 등짝을 향해 떨어지자, 유설이 얼른 검을 휘둘러 대신 막아냈다.

그사이에 복면인이 다시 진양을 향해 쇄도해 들어왔다.

그야말로 잠시도 방심할 틈이 없는 공세였다.

진양은 몸을 이리저리 피하면서도 애가 탈 지경이었다.

연신 복면인의 검을 피하며 쟁자수들을 보호했지만, 역시나 혼자의 힘으로는 무리였다.

쟁자수들은 시간이 지날수록 하나둘 흑의인들의 칼에 쓰러져 갔다.

'아, 내가 섣불리 나서서 도움도 되지 못하고 오히려 이렇게 죽게 생겼구나!'

진양은 강호에 나온 후로 소담화를 만나서 처음으로 제대로 무공 대결을 펼쳤다. 때문에 그는 강호인의 모든 싸움이 그처럼 정당할 것이라는 환상을 가지고 있었던 것이다.

'하긴 곽연 부각주가 날 죽이려고 했던 것을 생각한다면

꼭 그렇지만도 않다는 것을 알아야 했건만.'

진양은 어리석음을 탓하며 점점 자신을 잃어갔다. 제 한 몸을 지키는 것이라면 크게 어려울 것도 없었지만, 여러 사람을 지키며 싸우려니 무척 힘이 들었다.

만약 표국 사람들이 전멸하게 되면 흑의인들은 자신을 죽이려고 할 것이다.

진양이 제아무리 내공이 심후하더라도 십여 명이 한꺼번에 자신에게 덤빈다면 결코 이겨낼 수 없을 터였다.

그때 표두 중에서 가장 실력이 좋아 보이는 중년인이 소리쳤다.

"아가씨! 양 소협의 말대로 우선 몸을 피하시지요! 이대로는 위험합니다! 우선 살아야 빼앗긴 물건도 되찾을 일이 아니겠습니까?"

그러자 청년 표두도 동의하고 나섰다.

"도 표두님 말씀이 맞습니다! 우선 피하시지요!"

두 사람이 연이어 소리치자 유설이 참담한 표정으로 주위를 둘러보았다.

이미 쟁자수 중에는 살아남은 자가 거의 없었고, 표사들도 상당수가 피투성이가 되어 죽어 있었다. 두 사람의 말대로 더 이상 이곳에 남아 목숨을 걸어봐야 아무런 의미도 없어 보였다.

반면 유설이 갈등하는 모습을 보이자, 이번에는 흑의인들이 조급해졌다. 혹시라도 그녀가 도망치기라도 한다면 자칫 다 잡은 물고기를 놓칠 수도 있었다.

이에 위사령을 비롯한 흑의인들은 더욱 매섭게 몰아붙였다.

하지만 유설과 도 표두의 무공이 만만치 않았기에 쉽게 제압할 수는 없었다.

이때 진양이 얼른 그들 사이로 불쑥 끼어들었다.

위사령을 비롯한 흑의인들은 깜짝 놀라서 뒷걸음질 쳤다.

하지만 위사령은 곧 상대가 진양이라는 것을 알아보고는 곧바로 반격을 개시했다.

이때 복면인은 진양의 등을 노리며 검을 부려오고 있었다. 그 순간 진양이 선풍유검 초식을 전개했다.

휘리릭!

이는 지난번 소담화가 펼친 적이 있는 변초였다. 바로 방(方)자와 인(人) 자, 그리고 소(疋)의 결합을 이용한 것으로, 방(方)자에 무게를 둔 변초였다. 즉, 몸을 돌개바람처럼 회전시키는 것과 동시에 중심에서 벗어나며 회피하는 듯한 동작이었다.

찰나 복면인의 검이 진양을 아슬아슬하게 스쳤고, 진양은 그의 팔꿈치를 붓 자루로 툭 밀어 쳤다. 그러자 복면인의 검이 가속을 더해 그대로 위사령의 가슴으로 짓쳐들었다.

바로 상대의 힘을 끌어다가 또 다른 적을 치는 차력타력(借力打力)의 수법이었다.

느닷없는 공격에 위사령이 황급히 몸을 기울이며 도를 올려쳤다.

까앙!

날카로운 금속성과 함께 두 사람이 가까스로 튕겨 나갔다.

하지만 위사령은 도를 급하게 올려친 데다 복면인의 검공이 자못 매서웠기에 약간의 내상을 입고 말았다.

그가 버럭 화를 냈다.

"이게 무슨 짓이오!"

"난들 일부러 그랬겠소!"

복면인 역시 황당하여 마주 소리쳤다.

위사령은 이를 부득 갈고 더는 추궁하지 않고 고개를 돌렸다.

"앗! 저놈들!"

마침 기회를 엿보던 표두들이 숲으로 달려가고 있었다. 그 뒤를 진양이 바짝 쫓았다.

"놈들을 잡앗!"

위사령의 명에 흑의인 중 상당수가 표두들과 진양을 쫓아 숲으로 뛰어들었다. 위사령과 복면인도 곧바로 숲으로 달려갔다.

진양 일행은 숲을 따라 정신없이 달렸다. 뒤에서는 흑의인들이 추격하는 소리가 들려왔다. 이미 쟁자수들은 흑의인들 손에 한 명도 남김없이 죽어버린 모양이었다.

유설은 아랫입술을 질끈 깨물었다.

'도대체 혈사채가 왜 이렇게 못살게 구는 거지?'

정말 알다가도 모를 일이었다.

금룡표국의 국주인 그녀의 아버지는 이번 표행에 큰 어려움이 없을 것이라 말하며 딸을 대표로 보냈다.

한데 정체불명의 괴한들에게 느닷없이 습격을 받은 것이다.

만약 양진양이 나타나지 않았더라면 유설 일행은 괴한들의 정체도 모른 채 죽을 뻔했다.

한참을 달려가다 보니 물살이 거센 계곡이 나타났다. 일행이 잠시 망설이는데, 경공 실력이 낮은 표사 몇이 뒤늦게 도착하더니 소리쳤다.

"도 표두님! 저희는 계곡을 따라 하류로 달리겠습니다!"

도 표두라 불린 중년인은 표사들의 뜻을 곧 알 수 있었다. 그들은 자신들을 미끼로 삼을 생각인 것이다. 그래서 흑의인들이 자신들을 쫓아올 동안 도 표두가 유설 아가씨를 모시고 멀찌감치 달아나도록 해주려는 것이다.

함께 도망치던 양진양도 그들의 충성심을 읽을 수 있었다.

'이자들의 충정과 기개가 대단하구나!'

비록 무공은 높지 않지만, 주인을 향한 충정이 남다르니 진양은 절로 경외심이 우러나왔다. 그래서 그도 한 걸음 나서며 소리쳤다.

"좋소이다! 그럼 저도 여러분과 함께 가겠습니다!"

그러자 도 표두가 얼른 말렸다.

"양 소협, 그러지 말고 우리와 함께 갑시다. 표사들이 방향을 나누어 달린다지만, 저쪽 고수들은 우리를 쫓아올 게 분명하오. 양 소협은 무공이 강하니 나와 정 표두랑 같이 아가씨를 지켜준다면 감사하겠소."

그러자 유설이 얼른 도 표두를 나무랐다.

"도 표두님, 어째서 은인에게 그런 말씀을 하십니까? 이미 양 소협은 저희 때문에 많은 피해를 입으셨습니다. 어디로 가든 양 소협이 정하실 문제지요."

그런데 진양이 뭐라고 대꾸하기도 전에 표사들마저 고개를 숙이며 부탁했다.

"양 소협, 염치없지만 아가씨를 부탁드리겠습니다!"

그들은 대답도 듣기 전에 몸을 날려 계곡 아래로 달려갔다.

이제 더 이상 시간을 지체할 수도 없었다. 추격자들이 바짝 쫓아온 상황이었다.

결국 진양은 유설 일행과 함께 하기로 결정했다.

"우선 여길 건넙시다!"

그의 말이 떨어지자 도 표두와 정 표두가 서로 고개를 끄덕이고는 유설의 양팔을 잡고 계곡을 건넜다. 세 사람 중에서 유설의 경공 실력이 가장 낮았으므로 두 사람이 양쪽에서 부축해 계곡을 건넌 것이다.

뒤이어 양진양이 단숨에 계곡을 건넜다.

진양은 따로 익힌 경공술이 없었지만, 워낙 내공이 심후한지라 어렵지 않게 계곡을 건널 수 있었다.

그들이 막 건너편 숲으로 들어설 때, 위사령과 복면인이 계곡 맞은편에 다다랐다.

위사령은 계곡 하류 지역으로 달아나는 표사들을 보고는 소리쳤다.

"너희 여섯 명은 저놈들을 쫓아라! 한 명도 살려두어서는 안 될 것이다! 나머지는 나를 따라와라!"

여섯 흑의인이 나는 듯이 달려 내려갔다.

이어서 위사령과 복면인이 몸을 훌쩍 날려 계곡을 건넜다.

그들의 뒤를 남은 흑의인들이 이었다.

숲길을 따라 거침없이 달리던 진양 일행은 마침 암벽 아래에 난 작은 동굴 앞에 다다랐다. 사실 동굴이라는 말이 어울리지 않을 만큼 길이가 짧았다. 그저 서너 명 정도가 들어갈 수 있을 정도로 오목하게 파인 부분이었다.

진양이 멈춰서 소리쳤다.

"여기서 기다립시다!"

"좋소!"

도 표두와 정 표두도 이의를 제기하지 않았다.

이미 유설이 많이 지친데다 언제까지 도망만 갈 수는 없다고 판단했다.

네 사람은 좁은 동굴 안으로 들어가서 적들을 기다렸다.

"세 분은 안쪽에 계십시오. 제가 입구에서 막아보겠습니다."

진양의 말에 도 표두가 송구한 표정을 지었다.

"그렇잖아도 신세를 많이 졌는데… 내가 먼저 저들을 막아보겠소."

"아닙니다. 두 분께서는 제가 지치면 그때 나서주십시오."

진양이 거듭 사양하자 도 표두가 감사의 미소를 지으며 고개를 끄덕였다.

"알겠소이다, 양 소협. 우리가 이 위기를 넘기게 되면 양 소협께 반드시 사례를 하겠소."

그때 정 표두가 한숨을 내쉬며 말했다.

"그런데 왜 혈사채가 우리를 습격했을까요?"

"글쎄. 그건 정말 모를 일이군."

도 표두가 미간을 구기며 고개를 저었다.

정 표두가 생각에 잠겨 있다가 말했다.

"이렇게 된 이상 저들은 우리를 남김없이 죽이려고 할 것입니다. 만약 우리가 저들의 정체를 아예 몰랐다면 살아남을 일말의 가능성이라도 있겠지만, 이제 저들의 정체를 알게 됐으니……."

그 말에 진양이 속으로 뜨끔했다.

그들이 혈사채라는 것을 자신의 입으로 말하지 않았던가? 위사령은 자신이 알아보자 표정을 굳히더니 곧바로 죽이려고 했다.

'내가 너무 경솔했다.'

사실 진양이 이토록 무리해 가면서까지 이들을 도와주는 이유도 바로 거기에 있었다.

어설프게 도와주겠다고 나섰다가 오히려 이들을 더욱 위기에 몰아넣었다는 생각이 진양의 마음을 괴롭히고 있었던 것이다.

한데 정 표두의 말을 들어보니 은연중에 자신을 원망하는 것 같아서 못내 마음이 괴로웠다.

유설이 분위기를 눈치채고 얼른 말했다.

"그들은 처음부터 우리를 모두 죽이려고 했어요. 나타나자마자 쟁자수들마저 거침없이 죽였으니까요."

"흐음, 그래도 참 안타깝게 됐습니다. 양 소협도 이렇게 말려들 줄 알았더라면 차라리 기습을 가하셨으면 좋았을 것을. 보이는 창은 막기 쉬워도 숨어 쏘는 화살은 막기 어렵다고 하지 않습니까? 양 소협도 너무 무모하셨습니다."

겉으로는 진양이 말려든 것에 대해서 안타까워하는 듯했지만, 속으로는 여전히 진양의 경솔함을 교묘하게 탓하고 있는 것이다.

진양도 면목이 없던 터라 그저 고개만 조아릴 뿐이었다.

"죄송합니다. 후배가 아직 경험이 부족하여 공연히 여러분을 위험에 빠뜨리고 말았습니다."

그러자 유설이 얼른 손사래를 쳤다.

"아니에요. 그런 말씀 마세요. 오히려 양 소협 덕분에 그들의 정체라도 알게 됐으니 반드시 살아남아서 복수를 해야죠."

도 표두가 동조했다.

"아가씨 말씀이 맞습니다. 이대로 죽을 수는 없지요. 아니, 제가 아가씨를 반드시 지켜 드리겠습니다."

때마침 위사령과 복면인이 흑의인들을 이끌고 나타났다. 그들은 네 사람이 좁은 동굴 안에 들어가 있는 것을 보고는 피식 실소를 터뜨렸다.

"흐흐, 뛰어야 벼룩이지."

위사령이 도를 휘두르며 천천히 걸어왔다. 복면인과 흑의인들이 부채꼴 모양으로 퍼져서 포위망을 좁혀왔다.

동굴은 좁았기 때문에 먼저 밖으로 나가지만 않는다면 일대일의 싸움이 가능했다.

위사령이 천천히 다가서며 진양에게 말했다.

"아무래도 동생과 나는 악연인가 보군. 내세에는 좋은 인연으로 만나세."

"굳이 내세까지 갈 것 있습니까? 당장에라도 위 선배께서 도를 내려놓는다면 우린 좋은 인연이 되겠지요."

"하하, 그건 사정상 그럴 수가 없겠네."

"그럼 어쩔 수 없군요."

진양이 말을 받자마자 위사령이 쏜살같이 달려왔다.

타다닷! 휘익!

진양은 얼른 몸을 눕히며 대각선으로 후려 오는 도를 피했다. 동시에 쌍장을 뻗어내며 기를 한껏 발출했다.

퍼펑!

위사령이 얼른 몸을 뒤채며 피했다.

그를 스쳐 간 장풍이 멀찌감치 서 있는 나무 기둥에 처박혔다.

나무는 한차례 부르르 떨면서 잎을 우수수 떨쳐 냈다.

위사령은 도를 허리춤에 넣고는 손을 뻗으며 달려들었다. 좁은 동굴 입구에서 싸우다 보니 도를 들고 싸우기에는 오히려 불편한 점이 많았던 것이다.

펑! 퍼펑! 펑!

두 사람의 장이 서로를 스쳐 가며 연이어 터져 나왔다.

이들의 출수가 어찌나 빠르고 현란한지 지켜보는 자들은 잠시 넋을 놓고 구경하기에 바빴다.

위사령은 내심 놀랐다.

'그 조그맣던 꼬마 녀석이 몰라보게 성장했구나! 도대체 무슨 무공을 익혔기에 이렇게 내공이 강해진 걸까? 이대로 싸우면 내가 불리하겠다!'

사실 위사령 정도면 결코 약하다고 할 수 없었다. 비록 절정고수라고는 할 수 없을지라도 어지간한 중소 문파의 문주는 이길 정도의 실력이었다. 게다가 그는 혈사채에서 흑호왕(黑虎王)이라고 추앙받으며 산전수전 다 겪은 무인이었다.

다만 도법이 장기인 그가 지금은 장법을 사용하고 있고, 좁은 동굴에서 주로 내력을 이용한 대결을 펼치고 있으니 싸움이 쉽지 않았다.

그는 결국 진양을 동굴에서 서서히 끌어내기로 마음먹었다. 이른바 조호이산지계(調虎離山之計)를 쓸 작정이었다.

위사령은 일부러 매섭게 공격하는 척하면서 조금씩 허점을 내보이며 차츰 물러났다.

진양은 점점 우위를 점하게 되자 자신감을 되찾아갔다. 실전 경험이 부족한 진양으로서는 상대가 속임수를 쓴다는 것을 꿈에도 모르고 있었다.

마침 지켜보던 도 표두가 정신이 번쩍 들어 소리쳤다.

"앗, 위험하오! 양 소협!"

하지만 그가 소리쳤을 때는 이미 진양이 동굴 입구에서 두 장 정도나 나아갔을 때였다.

도 표두가 진양의 등을 보호하기 위해 얼른 몸을 날렸다. 하지만 그 순간 흑의인들이 그의 앞을 가로막았다.

"비켜랏!"

그가 일갈을 터뜨리며 검을 휘두르자, 앞을 가로막았던 흑의인이 팔 하나를 잃고 쓰러졌다.

"크악!"

하지만 이내 흑의인 두 명이 양쪽에서 합공을 가하자 더 이상 나아갈 수가 없게 됐다.

그제야 진양도 자신이 너무 심취한 바람에 상대의 유인에 넘어갔다는 것을 깨달았다.

하지만 이제 와서 돌아가기에는 늦어버렸다.

그때 복면인이 진양의 배후로 다가들며 검을 곧게 내찔렀다. 위사령을 상대하기에도 바쁜 진양은 그를 미처 막을 수 없었다.

그때였다.

언제 어떻게 따라왔는지 숲에서 흡혈마가 맹수처럼 달려나오더니 복면인을 덮치는 것이 아닌가.

복면인이 깜짝 놀라서 검을 돌려세웠지만, 흡혈마가 어디 보통 말이던가?

이히히힝!

흡혈마가 사납게 울부짖으며 앞발을 내지르니, 복면인은 그만 발길질에 팔을 얻어맞고 검까지 손에서 놓치고 말았다.

화가 잔뜩 난 복면인은 순간 신법을 이용해 흡혈마의 옆으로 돌아갔다. 그러고는 기를 잔뜩 싣고 흡혈마의 옆구리를 내질렀다.

퍼억!

이히히힝!

흡혈마가 괴로움에 몸부림을 치며 비틀비틀 물러가다가 '쿵!' 소리를 내며 쓰러졌다.

복면인은 말을 거들떠도 보지 않고 진양의 등을 노리며 쇄도했다.

이때쯤 위사령은 도를 뽑아 들고 휘두르고 있었기에 진양은 한창 수세에 몰리고 있었다. 때문에 진양도 이제는 정말 복면인을 막을 방법이 없었다.

"가거라!"

복면인이 노호성을 내지르며 진양의 등에 일장을 먹였다.

퍼억!

둔탁한 소리가 나며 진양의 몸이 비틀 흔들렸다.

동굴 입구 쪽에서 싸우던 도 표두도 놀라서 고개를 돌리고 바라보았다.

한데 갑자기 복면인의 안색이 벌겋게 달아오르더니 느닷없이 선혈을 울컥 토해내는 것이 아닌가.

"커억! 우웨엑!"

반면 진양은 아무렇지도 않은 듯 위사령의 도를 피하느라 여념이 없었다.

'도대체 이게 어떻게……!'

복면인은 두 눈을 부릅뜬 채 거칠게 피를 토해냈다.

그가 진양의 등에 일장을 날렸을 때, 진양의 몸에서 자양진기가 자연스럽게 호체신공을 일으킨 것이다. 때문에 복면인은 자신이 내지른 공력을 고스란히 되받아야만 했다.

하지만 이러한 내막을 정작 진양 자신도 모르고 있었다.

다만 복면인이 흡혈마에게 얻어맞으면서 내상을 입었나 보다 하고 추측만 할 뿐이었다.

한편 위사령은 복면인이 까닭없이 쓰러지자 머릿속이 혼란스러워지면서 손발이 어지러워지기 시작했다. 진양이 그 틈을 놓치지 않고 소매에 감춰두었던 붓을 들어 잽싸게 내찔렀다.

위사령은 미처 진양의 붓을 보지 못하고 그만 왼쪽 어깨 견정혈(肩井穴)을 찔리고 말았다. 그는 몸이 찌르르 울리며 마비되는 것을 느꼈다.

진양은 이어서 가슴의 신봉혈(信封穴)과 옆구리 밑의 연액혈(淵液穴)을 차례로 짚었다. 마지막으로 그는 위사령의 왼편으로 돌아가서 무릎 뒤쪽의 음곡혈을 걷어차서 거꾸러뜨렸다.

진양이 점혈법에 대해 알고 있는 것은 순전히 천상련에서 읽었던 의술서 때문이었다. 그리고 마지막 발길질은 육 년 전 풍천익이 위사령을 자빠뜨릴 때 썼던 것과 똑같은 방식이었다.

졸지에 사지가 마비된 위사령은 풀썩 쓰러진 채 옴짝달싹도 하지 못했다.

갑자기 두 사람이 연이어 쓰러지자 흑의인들은 크게 동요했다.

"지금이에요!"

마침 유설이 정 표두와 함께 동굴에서 달려나왔다.

무공이 가장 강했던 위사령과 복면인을 꺾었으니 더 이상 그들에게 두려울 것은 없었다.

흑의인들은 몇 차례 맞서 싸우다가 사세가 불리해지자 곧 몸을 돌려 달아나기 시작했다.

"거기 서라!"

도 표두와 정 표두가 흑의인들을 뒤쫓기 시작했다. 사세가 완전히 역전된 것이다.

복면인은 해쓱해진 안색으로 주위를 둘러보다가 길게 한숨을 내쉬었다.

그가 진양을 향해 털썩 무릎을 꿇었다.

"졌다! 날 죽여라!"

그러자 유설이 소리쳐 물었다.

"당신, 누구죠?"

"흥! 대답한들 네놈들이 날 살려두겠느냐? 어서 죽여라!"

진양이 그에게 다가갔다.

"당신을 죽일지 살릴지는 표국 사람들이 정할 겁니다. 전 우연히 이 일에 끼어들었다가 일이 이렇게 된 것이니 더 이상 개입할 생각이 없습니다. 그러니……."

그때였다.

복면인이 갑자기 몸을 일으키며 진양에게 무언가를 뿌렸다.

삐잉! 삐잉!

예리한 소리가 울리며 새털처럼 가는 침이 진양에게 날아왔다. 진양은 순간 가슴과 옆구리가 따끔한 것을 느끼고는 뒤로 주춤 물러났다.

하지만 워낙 가는 침이었기에 그는 아무것도 볼 수가 없었다.

그때 복면인이 벌떡 일어나서 숲 속으로 달려갔다.

"앗! 거기 서!"

유설이 고함을 지르며 복면인을 뒤쫓았다.

진양도 복면인을 추격하려는데, 갑자기 머리가 어지러워지더니 중심을 잡기가 힘들었다.

"어어?"

진양이 어리둥절한 얼굴로 비틀거리자, 유설이 돌아보고는 추격을 포기하고 얼른 돌아왔다.

"괜찮아요?"

진양이 잠시 호흡을 가다듬고 말했다.

"네, 잠시 현기증이… 어서 추격합시다!"

진양은 대수롭지 않게 여기고 다시 경공을 펼치려고 했다. 한데 이번에도 머리가 핑 돌더니 그만 발이 뒤엉켜 바닥에 쓰러지고 말았다.

"양 소협!"

유설이 깜짝 놀라며 부축했다.

"이거… 내가 왜 이러지?"

진양은 왜 이렇게 정신을 차리기가 힘든지 알 수가 없었다.

유설이 가만 보니 진양은 아무래도 독침에 당한 듯했다.

때마침 흑의인들을 추격하러 갔던 도 표두와 정 표두가 돌아왔다.

도 표두가 깜짝 놀란 표정으로 물었다.

"무슨 일입니까, 아가씨?"

"양 소협께서 독침에 당한 것 같아요!"

"무슨 독인지 아십니까?"

유설이 심각한 표정으로 고개를 가로저었다.

한편 진양은 가물가물 흐려지는 의식을 부여잡으려고 애쓰며 생각에 잠겼다.

'내가 독침을 맞은 건가? 그럼 아까 따끔하던 감각이… 그

렸구나. 그 복면인이 날 속이고 내게 독침을 던졌구나. 강호에는 정말 비열한 인간이 많구나.'

흐려지는 의식 속에서 도 표두의 목소리가 이어졌다.

"아무래도 침이 너무 가늘어서 눈으로 확인하기가 어렵겠습니다. 정 표두, 혹시 흡철석(吸鐵石) 가지고 있는가?"

"아뇨. 수레가 있는 곳에 돌아가면 있을 겁니다."

"흐음. 아직 거기에 있을지……."

유설이 말을 받았다.

"그들은 우리 목숨만 노린 듯하니 어쩌면 호송물이 그대로 있을지도 몰라요. 혹시 혈사채가 또 무리를 끌고 올지 모르니 서둘러요."

"알겠습니다, 아가씨. 양 소협, 조금만 참으시오. 다행히 목숨을 위협할 정도의 맹독은 아닌 듯하니 곧 나아질 거요."

그때 정 표두가 쓰러진 위사령을 보고 말했다.

"제가 저자를 업고 가겠습니다."

"그러게나. 내가 양 소협을 업도록 하지."

진양은 몸이 축 늘어진 채 도 표두의 등에 업혔다. 자신보다 훨씬 나이가 많은 도 표두의 등에 업히니 진양은 내심 송구한 마음을 어쩌지 못했다.

'죄송… 합니다, 도 표두님.'

하지만 독 기운이 퍼져서 그런지 진양은 어지럼증 때문에 말을 꺼내는 것조차 힘들었다.

결국 그는 도 표두의 등에서 의식의 끈을 완전히 놓아버렸다.

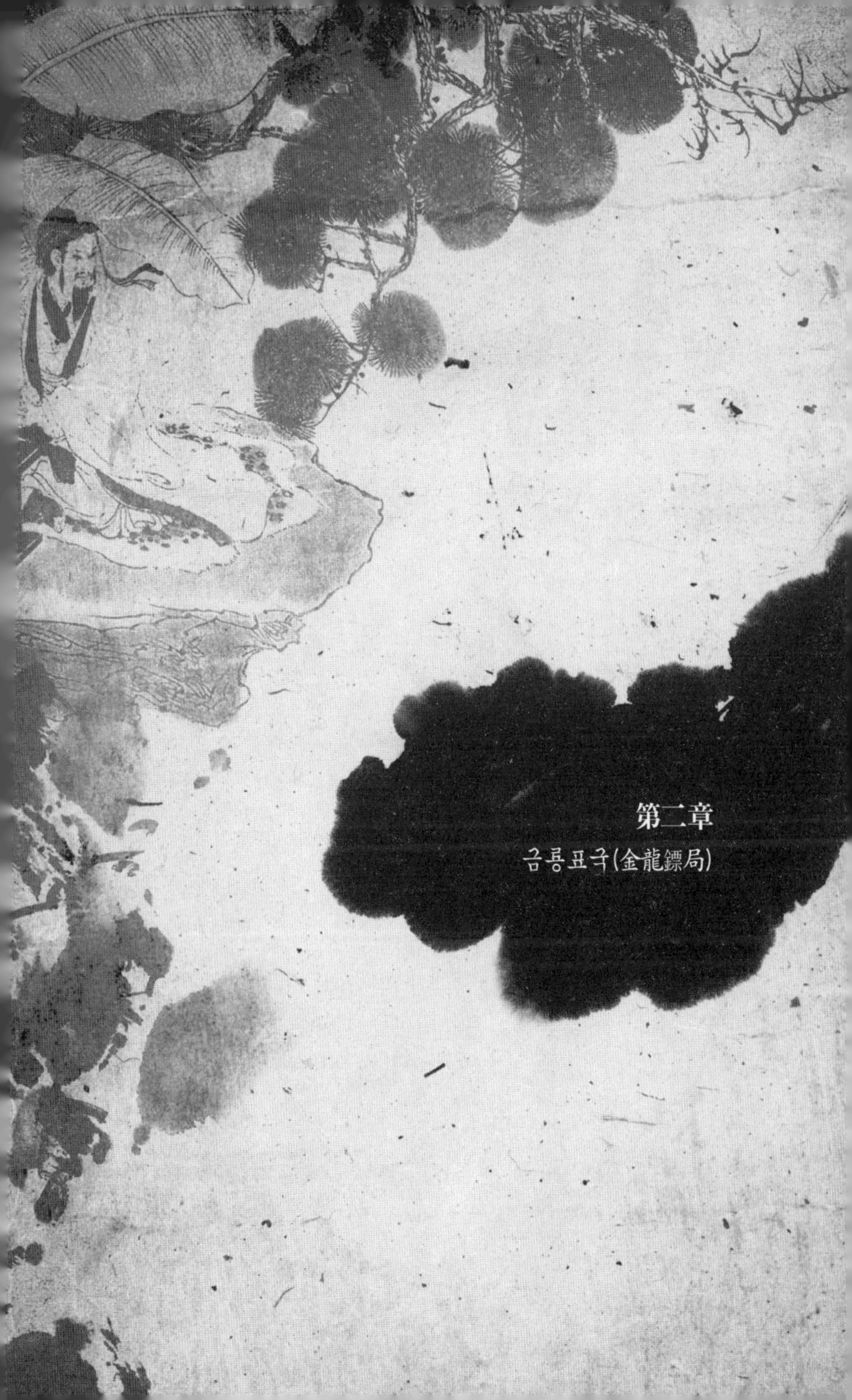

第二章

금룡표국(金龍鏢局)

덜컹덜컹!

양진양은 몸이 이리저리 흔들리는 것을 느끼며 가까스로 눈을 떴다. 검은 천으로 덮어씌운 천장이 희뿌연 시야에 들어왔다. 고개를 돌려보니 죽립을 푹 눌러쓴 유설이 무릎을 끌어안은 채 꾸벅꾸벅 졸고 있었다.

'여기가 어디지?'

진양은 천천히 몸을 일으키고는 주위를 둘러보았다. 좁은 공간이 연신 덜컹거리며 흔들렸다. 그럴 때마다 구석에 쌓아놓은 봇짐들이 흔들흔들 움직였다.

'아, 마차 짐칸이구나.'

진양은 그제야 자신이 어쩌다가 의식을 잃었는지 기억이 났다. 진양은 몸을 더듬어보면서 별다른 이상이 없는지 살펴보았다.

그때 부스럭거리는 소리에 유설이 깨어났다. 그녀는 진양을 보고 반색했다.

"깨어나셨군요. 몸은 좀 어떠신가요? 걱정을 많이 했답니다."

사실 진양의 얼굴을 보면 아직 약관도 지나지 않았을 소년 같았다.

하지만 유설은 진양의 의협심과 남자다운 기개에 내심 감동한 터였다. 그래서 시종 정중한 태도로 예를 차리며 말했다.

진양도 유설을 향해 고개를 숙이며 사례했다.

"여러모로 신세를 지게 됐습니다. 죄송하고 감사할 따름입니다."

"별말씀을요. 오히려 저희가 양 소협의 도움을 받았어요. 정말 감사드립니다."

유설이 다시 정중하게 인사하자 진양은 몸 둘 바를 몰랐다.

유설이 빙그레 웃으며 말을 이었다.

"다행히 생명에 지장을 주는 독은 아닌 듯해요. 하지만 어떤 독에 당했는지 아직 알 수 없어요. 아, 독침을 뽑은 도 표두는 아마도 운기를 할 때에만 독이 발작하는 것 같다고……."

진양이 고개를 끄덕이고는 가만히 운기를 해보았다.

과연 유설의 말대로 내공을 단전에 모으고 일주천시키자 머리가 어질하면서 현기증이 일어났다. 마침 그 순간 마차가 심하게 덜컹거리면서 진양의 몸이 픽 쓰러졌다.

"앗! 조심!"

유설이 비명을 터뜨리며 얼른 진양의 몸을 끌어안았다. 다행히 진양은 바닥에 머리를 찧지 않았다.

하지만 차츰 정신이 돌아오면서 여인의 품에 안겨 있다는 사실을 자각하고는 얼굴이 화끈 달아올랐다. 유설 역시 엉겁결에 진양을 끌어안았다가 막상 다부진 진양의 체격을 느끼고는 가슴이 두근거리고 부끄러운 마음이 들었다.

진양은 얼른 몸을 일으켜 세우며 헛기침을 뱉었다.

"커험! 험! 죄송합니다."

"아, 아니에요. 아무래도 도 표두의 추측이 맞나 보군요."

두 사람은 서로 말을 섞으면서도 어쩐지 시선을 마주하기가 부담스러워 다른 곳을 응시했다.

마차 안에 침묵이 흐르자 어색한 공기가 두 사람을 휘감았다.

결국 진양이 먼저 입을 열어 아무 말이나 꺼냈다.

"다행히 호송물이 그대로 있었나 보군요."

"네. 하지만 또 언제 혈사채에서 습격할지 몰라 귀중한 물품만 챙겼어요."

"그럼 나머지는?"

"어쩔 수 없이 버렸어요."

"그랬군요. 제가 얼마 만에 깨어난 건가요?"

"양 소협께서는 하루 동안 의식을 잃고 계셨어요. 우리는 어제부터 쉬지 않고 달렸답니다."

진양이 고개를 끄덕였다.

혈사채가 추격해 올 것을 생각해서 최대한 서두른 것이리라.

그때 밖에서 말울음 소리가 들리면서 마차가 멈췄다. 잠시 후 마부의 말소리가 들리더니 마차는 다시 천천히 출발하기 시작했다. 아무래도 지나가는 행인 때문에 잠시 멈춘 모양이었다.

그런데 말울음 소리를 듣자 진양은 잊고 있던 흡혈마 생각이 났다.

'그러고 보니 흡혈마가 놈의 일장을 얻어맞고 쓰러졌었지!'

진양이 고개를 번쩍 들고 물었다.

"제 말, 혹시 제 말을 보셨습니까?"

"아, 그 말은 무사하답니다. 보기와 달리 보통 말이 아니더군요."

유설이 감탄한 듯 말을 이었다.

사실 유설 일행은 진양을 업고 관도로 돌아왔을 때, 마차가 그대로 남아 있는 것을 보고 내심 안도했다. 그들은 서둘러 중요한 물품만 정리해서 옮긴 다음 마차 세 대만을 끌고 출발하려고 했다.

한데 이들이 막 출발하려고 할 때, 숲 속에서 말울음 소리가 구슬프게 울리는 것이 아닌가.

혹시 습격자일지도 모른다는 생각이 들었기에 도 표두가 조심스럽게 숲으로 들어가 보았다.

그런데 놀랍게도 그곳에는 흡혈마가 거친 숨을 헐떡이며 비틀비틀 걸어오고 있었다. 도 표두는 흡혈마가 바로 진양의 말이라는 것을 알아보았다.

"주인을 따르려고 많이 애썼구나."

도 표두는 온몸이 잔뜩 젖어 있는 흡혈마를 부드러운 손길로 쓰다듬어 주고는 얼른 커다란 짐칸에 말을 태웠다. 그리고 다음 마을에 다다랐을 때, 마부와 인부를 급하게 고용해서 쉬지 않고 달리기 시작했다.

대략의 이야기를 전해 들은 진양은 다시 한 번 포권하며 고개를 숙였다.

"이 은혜는 절대 잊지 않겠습니다. 정말 감사드립니다."

유설이 연신 손사래를 쳤다.

"그런 말씀 마세요. 저희는 그저 도리를 다했을 뿐인 걸요."

진양은 내심 감동했다.

'강호에도 이처럼 올바른 사람이 있구나.'

그는 천천히 고개를 끄덕이다가 문득 생각난 것이 있어 물었다.

"참, 혈사채가 왜 금룡표국을 노린 것인지 알아내셨습니까?"

유설이 어두운 표정으로 고개를 저었다.

"지금 정 표두가 위사령을 추궁하고 있지만 좀처럼 입을 열지 않는다는군요. 아무래도 혈사채의 배후에 다른 조직이 있을 듯한데……."

진양이 고개를 끄덕였다.

사실 그가 보기에도 달아난 복면인은 혈사채의 무인이 아닌 것처럼 보였다. 필시 혈사채는 어떤 조직의 사주를 받은 것이리라.

그가 이런저런 생각을 하는 동안 두 사람 사이에는 자연스레 침묵이 내려앉았다.

두 사람 모두 머릿속이 복잡한 터라 침묵은 오래도록 이어졌다.

한참 후에 진양이 자리에서 일어났다.

"그럼 저는 이만 가보겠습니다."

유설이 깜짝 놀라서 물었다.

"가시다니요? 어딜 가시려고요?"

"글쎄요. 원래 정처없이 유람하던 중이라……."

사실 막상 갈 곳이 정해져 있는 것은 아니었다. 오래전에 마음먹었던 대로 화산파를 찾아갈까 생각도 해보았지만, 갈 길을 생각하니 막막하기만 했다.

하지만 이대로 마차에 주저앉아서 계속 신세를 질 수는 없다는 생각에 일어서기로 마음먹은 것이다.

"그러지 마시고 저희와 함께 가세요."

"함께요?"

"네. 양 소협의 부상이 목숨에는 지장없다고는 하나 내력을 사용하실 수 없으니 가볍다고도 볼 수 없습니다. 저와 함께 가시면 아버지께 양 소협을 소개도 시켜 드리고 치료 방법도 알아봐 드릴게요."

"말씀만으로도 정말 감사합니다. 하지만 더 이상은 염치가 없어서……."

"양 소협도 그렇지만 말의 부상도 심각하니 드리는 말씀이에요. 만약 말을 무리하게 걷게 하면 부상이 더 심각해질 수도 있지 않겠어요?"

흡혈마에 대한 이야기가 나오자 진양의 표정도 조금 굳어졌다. 진양이 다소 망설이는 기색을 보이자 유설이 바로 말을 이어 붙였다.

"만약 양 소협께서 그때 나타나지 않으셨다면 저희는 정말 위험한 처지에 놓였을 거예요. 그러니 너무 사양하지 마셨으면 합니다."

진양은 잠시 머뭇거리다가 이내 대답했다.

"그럼 염치불고하고 좀 더 신세를 지겠습니다."

그날 저녁 표행은 응천부를 앞두고 노숙을 취하기로 했다. 지난 밤낮을 쉬지 않고 달린 탓에 말들이 너무 지친데다, 목적지인 응천부가 가까우니 하룻밤 쉬었다가 가도 큰 문제는 없을 거라 판단한 것이다.

인부들은 모닥불을 피우고 식사를 준비하는 등 분주하게 움직였고, 유설은 어디로 간 것인지 보이지 않았다.

진양은 두 표두와 정식으로 인사를 나누었다. 도 표두는 자신을 도장옥(都章屋)이라고 소개했고, 정 표두는 정여립(鄭汝

立)이라고 했다. 도장옥은 금룡표국의 표두 중에서 나이가 가장 많았으며, 정여립은 삼십대 초반으로 어린 편에 속했다.

인사를 나눈 진양은 인부들과 함께 간단히 식사를 마치고 흡혈마의 상태를 훑어보러 갔다. 흡혈마는 진양을 알아보고는 반가운 듯 콧김을 뿜어대며 꼬리를 철썩철썩 흔들었다.

하지만 유설의 말대로 흡혈마의 부상이 꽤나 심각해 보였다. 생명에는 지장없는 듯했지만 당장 일어나서 걷기에는 무리가 있었다.

'어쩔 수 없이 신세를 질 수밖에 없겠구나.'

진양은 말을 쓰다듬어 주고 나서 잠잘 곳을 찾아 돌아왔다. 그때 마침 숲 속에서 유설의 목소리가 들리더니, 이내 그녀가 죽립을 오른손에 들고 나타났다.

순간 진양은 그대로 숨이 멎어버리는 듯했다.

유설은 계곡에서 목욕을 하고 온 모양이었다. 풀어헤친 긴 머리카락은 촉촉하게 윤기가 흘렀고, 하얀 얼굴은 달빛보다도 환하게 빛나고 있었다. 그녀의 몸에서는 은은한 꽃향기 같은 것이 풍기고 있었다.

하늘에서 내려온 선녀가 이보다 아름다울까.

죽립을 벗은 유설의 얼굴을 처음으로 본 진양은 가슴이 마구 두근거렸다.

'정말 선녀같이 아름답구나.'

진양이 멍하니 넋을 놓고 있는데, 유설이 고개를 갸웃거리고 물었다.

"제게… 하실 말씀이 있으신가요?"

그녀의 부드러운 목소리가 더해지니 진양은 마치 꿈을 꾸는 듯한 기분이었다. 그 바람에 진양은 저도 모르게 속마음을 그대로 흘려내고 말았다.

"와, 정말 예쁘다!"

"네?"

유설이 깜짝 놀라서 되물었다.

그제야 진양은 넋을 놓고 있었다는 사실을 자각하고는 얼굴이 붉게 달아올랐다. 그가 얼른 손사래를 쳤다.

"아, 아닙니다. 유 낭자가 너무 아름다워서 저도 모르게 그만……."

어느새 그는 '유 표두'라는 호칭을 '유 낭자'로 고쳐 부르고 있었다. 천상의 선녀처럼 아름다운 그 얼굴을 보고 있자니 자연히 호칭이 변한 것이다.

진양의 진심 어린 칭찬에 유설은 낯이 붉게 달아올랐다. 지금까지 자신의 외모를 칭찬하는 사람을 많이 만나봤지만, 이렇듯 사심없이 순수한 눈빛으로 이야기하는 사람은 처음이다.

유설은 부끄러운 듯 답례하고는 인부들이 천막을 쳐서 만든 임시 숙소로 들어갔다.

진양은 그 뒷모습을 보며 자신을 책망했다.

'아이고, 양진양아, 어쩌자고 그런 실없는 소리를 흘렸단 말이냐. 유 낭자가 날 어찌 생각하겠냐? 주책이구나, 주책이야.'

진양은 인부들과 섞여 적당한 곳에 자리를 잡고 몸을 눕혔다. 밤하늘에 총총히 박힌 별을 보고 있자니 생각도 그만큼 많아졌다.

'남을 도우려다가 오히려 도움만 받게 됐구나. 금룡표국에서 신세를 지게 됐으니 앞으로 이들이 날 필요로 하거든 언제든 도와야겠다.'

한데 하루 종일 의식을 잃었다가 깨어난 탓인지 쉽게 잠이 들지 않았다. 게다가 조금 전에 보았던 유설의 모습이 떠오르니 괜히 가슴이 두근거리고 호흡마저 빨라졌다. 이리저리 생각을 굴리며 뒤척이고 있는데, 문득 마차 너머에서 인기척이 들려왔다. 매우 은밀하면서도 민첩한 소리였다.

'무슨 소리지? 저기는 위사령이 잡혀 있는 곳이 아닌가?'

이상한 낌새를 느낀 진양은 조심스럽게 일어나서 마차가 있는 곳으로 갔다.

한데 마차를 돌아서 짐칸을 확인해 보니 위사령을 묶었던 것으로 보이는 포승줄이 바닥에 널브러져 있고 사람이라곤

코빼기도 보이지 않았다.

때마침 등 뒤의 숲 속에서 무언가가 다급하게 내달리는 소리가 들렸다.

'설마 도망?'

진양은 화들짝 놀라서 숲으로 뛰어들어 갔다.

하지만 급하게 움직이면서 내공을 일으킨 탓에 머리가 아찔해지고 현기증이 일어났다. 그 바람에 소리를 지를 힘도 없었다.

진양은 비틀거리면서 가까스로 중심을 잡았다. 심호흡을 하고 나니 조금씩 뿌옇던 시야가 선명해지고 기운도 회복됐다.

진양은 이번만큼은 내력을 사용하지 않고 소리를 좇아 달렸다.

인기척이 빠른 속도로 멀어지고 있었기에 소리를 질러 사람들을 깨워야겠다는 생각도 잊고 말았다. 한참을 추격하다 보니 점차 소리가 희미해지고 거리는 점점 더 벌어지는 듯했다.

결국 진양은 추격을 포기하고 말았다.

'역시 내력을 사용하지 않고 좇으려니 힘들구나. 혹시 위사령이 달아나는 것이라면 어떻게 스스로 포승줄을 풀 수 있었던 것일까?'

그가 곰곰이 생각하는데, 문득 옆의 풀숲에서 부스럭 소리가 들렸다. 진양은 얼른 커다란 나무 기둥 뒤로 몸을 숨겼다.

상대는 진양의 존재를 아직 눈치채지 못한 것인지 점점 가까워지고 있었다. 이윽고 소리가 지척에 다다랐을 때, 진양이 성큼 나섰다.

"누구냐! 어?"

"음?"

진양은 상대방을 보고 눈을 휘둥그레 떴고, 상대방도 진양을 보고는 고개를 갸웃거리며 눈살을 찌푸렸다.

"정 표두님?"

"양 소협, 여기서 뭐하고 계시는 겁니까?"

풀숲에서 나온 사람은 다름 아닌 정여립이었던 것이다. 그제야 진양이 얼른 정신을 차리고 말했다.

"아, 정 표두님! 큰일 났습니다! 지금……."

"위사령이 달아났다는 말씀을 하려고 그러십니까?"

정여립이 다소 냉랭한 표정으로 물었다.

그는 눈초리가 비교적 위로 추켜올라간 인상이었는데, 눈을 가늘게 뜨고 있으니 더욱 그 표정이 매서워 보였다.

"어떻게 아셨습니까?"

진양이 순진하게 되묻자 정여립이 차갑게 대꾸했다.

"지금 위사령이 사라진 것을 보고 찾는 중이었으니까요.

그런데 양 소협이야말로 어떻게 그걸 아셨습니까?"

"저도 위사령이 사라진 것을 보고……."

"위사령이 사라진 것을 보셨단 말씀은, 위사령이 잡혀 있던 마차에 다가갔단 말씀이지요?"

이쯤 되자 진양은 정여립이 자신을 의심하고 있다는 사실을 알 수 있었다. 진양은 내심 기분이 나빴지만 크게 내색하지 않고 대답했다.

"인기척이 들렸습니다. 그래서 일어나 마차에 다가가 보니 위사령은 이미……."

"사라졌다?"

"그렇소."

"거참, 이상한 노릇이군요. 그 포승줄은 제가 묶어서 잘 아는데, 절대로 스스로 풀 수 없는 것이지요. 누군가 도와주지 않는 한."

진양도 더는 참지 못하고 발끈해서 소리쳤다.

"정 표두님! 지금 날 의심하는 겁니까?"

"이런, 내가 언제 양 형을 의심한다고 했소? 그냥 이해할 수 없는 일이라 상의하고자 말을 꺼냈지요. 너무 흥분하는군요. 아니면 혹시 정말 의심받을 만한 짓을 한 건 아닙니까?"

"당치도 않는 소리지요! 내가 왜 위사령을 풀어준단 말입니까?"

"글쎄요. 그건 나도 모르지요."

두 사람이 언성을 높이게 되자 이내 숲 너머에서 인기척이 들리더니 유설과 도장옥이 나타났다. 유설은 서로 강렬한 눈빛을 주고받으며 으르렁거리는 두 사람을 보고는 놀라서 물었다.

"도대체 무슨 일인가요?"

진양이 입을 열었다.

"위사령이……."

"위사령이 사라졌습니다."

정여립이 얼른 말을 앞질렀다.

그러자 도장옥이 깜짝 놀라서 그에게 되물었다.

"뭐라고? 위사령이 사라졌다고?"

"예. 포승줄도 끊어져 있었습니다."

정여립이 대답했지만 그의 시선은 여전히 진양을 바라보고 있었다. 도장옥도 그 의미를 아는 터라 정여립을 엄하게 나무랐다.

"그만하시게! 아무렴 양 소협께서 그러실 분인가!"

"그래요, 정 표두. 양 소협은 우리를 도와주신 분이에요."

하지만 정여립은 납득할 수 없다는 표정으로 대답했다.

"그것도 이상하지 않습니까?"

"뭐가요?"

"어떻게 정확히 혈사채의 습격을 받은 순간에 나타났을까요? 뭔가 노리는 것이 있지 않는 바에야……."

"정 표두, 말이 지나치지 않은가!"

도장옥이 얼른 소리치며 끼어들었다. 그가 대신 진양을 향해 허리를 숙이며 사죄했다.

"죄송하오, 양 소협. 다소 오해가 있었던 모양이오. 너그러운 마음으로 이해해 주길 바라오."

"별말씀을요. 제가 봐도 오해할 소지가 있었습니다."

진양이 겸사로 대답하는데, 정여립이 다시 조소를 지었다.

"보십시오. 스스로도 인정하지 않습니까? 도 표두님, 저자는 위사령을 알고 있었습니다. 서로 어떤 사연인지는 모르지만요. 저는 위사령이 사라진 것을 보고 숲 속으로 들어왔고, 위사령은 찾지 못했지만 저자를 여기서 보았지요. 그러니 뭔가 이상하지 않습니까?"

진양이 표정을 딱딱하게 굳히고 대꾸했다.

"나도 위사령이 사라진 것을 보고 인기척을 쫓아 들어온 것이오."

"흥! 그렇다면 왜 거기 숨어 있었던 거요?"

"인기척을 놓쳤소. 그래서 잠시 숨을 돌리고 있는데, 또 인기척이 들리더군. 그래서 숨어서 기다리고 있었소. 한데 나타난 사람이 당신이었소."

"위사령을 풀어주고 돌아오는 길은 아니었고?"

"이보게! 정 표두!"

도장옥이 다시 나서서 버럭 소리쳤다. 그가 정여립을 사납게 노려보며 말을 이었다.

"그만하시게! 그리고 포승줄을 끊은 것이라면 칼이 있어야 할 텐데, 양 소협은 칼을 가지고 있지도 않잖은가?"

"혹시 모를 일이지요. 이 일대를 찾아보면 버려진 단검이라도 나올지."

"그만하세요."

이번에는 유설이 나섰다.

그녀가 직접 나서니 정여립도 더 이상은 말을 꺼내지 못했다.

그녀가 정여립을 향해 엄한 표정으로 말했다.

"확실한 증거도 없으면서 남을 모함해선 안 되죠."

"죄송합니다, 아가씨."

"양 소협은 우리를 도와주신 분이에요. 이번 일은 위사령을 확실히 감시하지 못한 정 표두님에게도 책임이 있어요. 그러니 이쯤에서 넘어가도록 하죠. 위사령이 사라진 것은 안타까운 일이지만, 그들이 혈사채라는 것을 알았으니 표국으로 돌아가면 아버지께서 어떻게든 해결하실 거예요."

"예, 아가씨."

정여립이 깍듯이 고개를 숙이며 대답했다.

유설은 송구한 표정으로 진양에게 사죄했다.

"죄송해요, 양 소협. 저희의 실수로 괜히 양 소협을 곤란하게 만들었군요. 저를 봐서라도 정 표두를 너그럽게 용서해 주시기 바랍니다."

"아닙니다. 그럴 수도 있지요."

진양은 짐짓 소탈하게 웃으며 대꾸했다.

하지만 내심은 당장에라도 이곳을 벗어나고 싶은 마음이었다. 위험을 무릅쓰고 도와주었더니 이제 와서 도적과 한패거리 취급을 하다니.

물론 도움을 주었다는 표현이 다소 어울리지 않을 수는 있었다.

하지만 그 바람에 자신은 독에 당하지 않았는가. 역시 억울하고 화가 나는 마음은 어쩔 수가 없었다.

그렇다고 당장 자리를 박차고 떠나자니 그 또한 너무 속 좁아 보일 것 같았다. 게다가 이대로 자신이 떠난다면 정여립은 더욱 자신을 의심할 게 틀림없었다.

때문에 진양은 그저 태연한 척 걸음을 옮겼다.

다음날 표행은 응천부에 들어섰다.

명나라가 세워지기 전 이곳은 집경(集慶)이라고 불렸지만,

주원장이 집경을 점령하고 나서는 응천부로 개명했다. 그리고 명이 세워진 후에는 이곳을 도읍으로 정하고 성벽을 축조했다.

예전에도 이곳은 사람이 많았지만 도읍으로 정해지고 나서부턴 더욱 많은 사람들로 북적였다.

표행의 마차는 수많은 인파를 헤치며 응천부에서 비교적 동쪽 외곽에 위치한 금룡표국을 향해 나아갔다.

진양은 태어나서 이렇게 많은 사람이 있는 거리를 처음으로 보았다. 때문에 눈을 휘둥그레 뜨고는 어린아이처럼 여기저기 구경하기에 바빴다.

한참을 가다 보니 사람들의 발길도 조금씩 뜸해졌다.

마차도 조금씩 속도를 늦추기에 진양도 내려서 걷기 시작했다.

조금 더 나아가다 보니 전방에 대저택이 눈에 들어왔다. 높은 담장이 장원을 두르고 있었고, 대문은 크고 높아서 장엄한 분위기까지 풍겼다. 대문 양옆으로는 금룡표국의 커다란 깃발이 높이 내걸려 있었다.

미리 소식을 들었는지 표국에서 중년인이 달려나와 유설을 향해 허리 숙여 인사했다.

"아가씨, 어서 오십시오. 무사하셔서 다행입니다. 국주님께서 걱정이 많으십니다."

유설은 아버지의 극성을 아는지라 응천부에 도착하고 나서야 사람을 보내서 그간의 일을 아뢰도록 했다.

지금 그녀를 맞이하는 사람은 바로 금룡표국의 총관 직을 맡고 있는 심일태(沈一太)였다. 그는 눈가에 잔주름이 많은 탓에 나이가 실제보다도 더 들어 보였는데, 매사에 침착하고 차분한 성격이었다. 때문에 이번에도 그가 말리지 않았더라면 국주는 지금쯤 버선발로 딸을 마중 나와 기다리고 있을 터였다.

심일태가 몸을 돌려 소리쳤다.

"뭣들 하느냐? 어서 문을 열어라!"

"옛!"

문지기들이 커다란 문을 밀었다. 지도리와 돌쩌귀에 기름칠이 잘된 덕인지 육중한 문짝은 삐걱거리는 소리 한번 내지르지 않고 부드럽게 열렸다.

마차 세 대가 여유있게 활짝 열린 문으로 들어갔다.

진양은 유설을 따라 걸으면서도 으리으리한 장원을 둘러보느라 정신을 차릴 수가 없었다. 따지고 보자면 천상련이 이곳보다 훨씬 넓고 웅장했지만, 그곳에서는 자유가 없었다.

한데 여기서는 이렇게 마음껏 돌아다니며 건물들을 구경할 수 있으니 감개가 무량할 뿐이었다.

유설은 진양을 이끌고 서쪽 사합원으로 걸어갔다. 내정을 지나 그녀가 대청까지 들어서자, 지금껏 발을 동동 구르며 기다리고 있던 중년인이 얼른 달려왔다.

"오오! 설아, 설아! 네가 무사하구나! 정말 다행이다! 정말 다행이야! 어디 보자, 내 딸. 어디 다친 데는 없느냐? 아픈 데는 없고?"

그는 연신 유설의 얼굴을 살펴보며 물었다.

유설이 부드럽게 웃음 지으며 대답했다.

"아버지, 전 괜찮아요. 염려하지 않으셔도 돼요."

"정말 다행이다. 정말 다행이야. 착한 내 딸."

그는 다시 안도의 한숨을 내쉬며 유설을 다독였다. 그가 바로 금룡표국의 국주이자 유설의 아버지인 유인표(柳仁慓)였다.

유설이 몸을 물리며 진양을 가리켜 소개했다.

"아버지, 이분이 우리를 도와주셨어요. 덕분에 위기를 넘길 수 있었어요."

"금룡표국의 국주 어르신을 만나뵙게 되어 영광입니다. 양진양이라고 합니다."

진양이 양손을 맞잡고 예의 바르게 인사를 건넸다.

유인표는 이미 대략의 사정을 전해 들은 상태였다.

한데 막상 진양을 보니 뜻밖이라는 생각이 들었다. 상대가 이렇게 어릴 것이라곤 미처 생각지 못했던 것이다.

하지만 그는 이내 만면에 미소를 머금고는 감사의 뜻을 전했다.

"유인표라고 하오. 딸아이를 구해주어서 정말 감사드리오, 양 소협."

그가 어린 상대에게 깍듯이 예를 차려 대하자, 진양도 내심 감탄하지 않을 수 없었다.

'금룡표국이 천하에 명성을 드날린다더니 이분을 보니 그 이유를 알 수 있을 것 같구나.'

유인표는 얼른 자리를 권했다.

"우선 앉으시지요. 설아, 너도 이리 와서 앉아라."

"네, 아버지."

세 사람은 대청 한쪽에 놓인 탁자로 걸어가서 앉았다. 잠시 후 시녀가 쟁반에 찻잔을 담아왔다.

유인표가 진양을 향해 말했다.

"딸아이가 여러모로 신세를 졌다고 들었소. 어찌 사례를 해야 할지 모르겠구려."

"사례라니요. 당치도 않습니다. 오히려 제가 은혜를 입었습니다. 게다가 전 한참 어리니 어르신께서는 말씀을 낮추어 주십시오."

"허허, 딸아이의 은인이신데 그럴 수야 없지요. 참, 독에 당했다고 들었소. 상처가 좀 어떻소?"

"내력을 함부로 사용할 순 없지만 큰 부상은 아닙니다. 염려하지 마십시오."

진양이 부드럽게 대꾸했다.

유인표는 이야기를 나눌수록 이 어린 친구에게 감명을 받을 수밖에 없었다.

'아직 나이도 한참 어려 보이는데, 수양이 깊은 어른들보다도 침착하고 도량이 넓구나. 참으로 인재로다.'

그는 원래 적당히 사례하고 진양을 보낼 생각이었다. 한데 대화를 나눠보니 점점 호감이 생겨났고, 어떻게든 이 어린 친구를 돕고 싶단 생각이 들었다.

"내가 반드시 양 소협의 독을 치료해 드리도록 하겠소. 이곳 응천부에는 사람이 많으니 독에 대해 지식이 많은 의원을 구하는 것은 그리 어렵지 않을 겁니다. 실제로 표사 중 한 명이 일전에 독공에 당했는데, 한 의원이 약방문을 지어주어 지금 치료 중이라오. 그러니 한동안은 우리 집에서 지내시구려."

"그렇게 하세요, 양 소협. 어차피 말도 치료해야 할 테니까요."

진양은 너무 신세를 지는 것 같아서 송구한 마음이 들었지만 달리 방법이 없어 호의를 받아들이기로 했다.

"그저 감사할 따름입니다. 혹시 미약하나마 제 힘이 필요하다면 언제든 말씀하십시오. 성심성의껏 돕겠습니다."

"허허, 말씀만으로도 감사하오."

세 사람은 화기애애한 분위기 속에서 이야기를 이어갔다.

차를 다 마신 진양은 두 부녀에게 시간을 주기 위해서 슬슬 일어나려는 눈치를 보였다.

유인표 역시 진양의 배려를 알아보고는 웃으며 말했다.

"그럼 먼 길을 오느라 많이 피곤하실 텐데 묵을 곳을 안내해 드리지요."

"감사합니다, 국주 어르신."

진양이 일어서서 답례하자, 시녀가 다가와서는 그를 데려갔다.

진양이 대청을 나가자 유인표가 감탄한 표정으로 중얼거렸다.

"참으로 요즘 보기 드문 젊은이로구나. 나이도 많이 어려 보이는데……."

"만약 양 소협이 아니었다면 우린 그자들이 혈사채라는 것도 몰랐을 거예요."

하지만 유설은 무슨 생각을 하는지 표정이 어두웠다. 잠시 후 그녀가 근심 섞인 목소리로 물었다.

"그런데 혈사채가 왜 우리를 공격했을까요?"

"흐음. 글쎄다. 원래 녹림이 표국을 습격하는 일이야 자주 있어왔던 일 아니겠느냐?"

"하지만 이번엔 좀 달랐어요. 마치 물건을 탐내는 것이 아니라……."

유설은 뒷말을 마저 잇지 못했다.

당시의 일을 생각만 해도 팔뚝에 소름이 돋는 듯했다. 그들은 분명 표국 사람들을 몰살시키려고 했다. 어려서부터 아버지를 따라 표행을 여러 번 다녀보았지만 이런 경우는 처음이었다.

유인표가 한숨을 내쉬고 대답했다.

"아직은 아무것도 알 수가 없구나. 하지만 아무리 놈들이 배짱이 두둑해도 이곳까지 쳐들어오진 못할 것이니 이제 안심하거라. 그 일은 아비가 천천히 알아보마. 당장은 쌓인 일이 산더미라 정신이 없구나."

"네, 아버지."

유설이 다소곳이 대답했다.

그나마 귀환하던 중에 습격당한 것이 다행이라면 다행이었다. 만약 표행을 떠나는 길에 그런 습격을 당했더라면 호송물을 지켜야 한다는 강박관념에 표두들마저 모두 죽었을 가능성도 있었다.

"정말 양 소협이 제때 나타나지 않았더라면……."

지금 다시 생각해도 양진양이 무척 고맙게 느껴졌다.

유인표는 그런 딸을 물끄러미 바라보다가 빙그레 미소를 지었다.

"그나저나 우리 딸이 연하를 마음에 둘 줄은 생각지도 못 했구나."

"괜한 말씀 마세요, 아버지. 그런 것 아니에요."

"흐음, 그래? 이 아비가 잘못 본 모양이군."

"물론 양 소협은 훌륭한 분이에요. 비록 나이가 어리다지만 기개가 있고 의협심이 남다른 분이죠. 하지만 저는……."

"여전히 그자를 그리워하는 게냐?"

유인표의 물음에 유설이 낯빛을 붉혔다. 아무리 허울없이 대화를 나누며 지내는 부녀지간이라지만, 역시 이런 이야기는 어쩐지 부끄러운 마음이 들었다.

하지만 워낙 아버지와 가까이 지낸 유설이라 딱히 부정하지도 않고 보일 듯 말 듯 고개를 끄덕였다.

유인표가 혀를 끌끌 찼다.

"도무지 이해할 수가 없구나. 어찌 한 번 만나보지도 않은 자를 마음에 둘 수가 있다더냐?"

"만난 적이 없는 건 아니에요."

"하지만 넌 그자를 모르지 않느냐? 그자는 너를 보고 기억하고 있다지만."

"그렇긴 하지만……."

"만약 그자가 천하에 못생긴 추팔괴면 어쩌려고?"

유인표가 짓궂은 농담을 던지자 유설은 빙그레 웃으며 대꾸했다.

"외모가 뭐 그리 중요하겠어요? 마음이 고와야지요."

"한번 만나보지도 않았으면서 마음이 고운 줄은 어찌 알겠느냐? 지난 세월 겨우 서신만 주고받지 않았더냐?"

"글씨는 마음을 나타내는 창이에요. 그분의 글씨를 보자면 제 마음마저 평안해지는 걸요. 그런 분이 결코 악한은 아닐 거라 믿어요. 다만……."

유설이 말끝을 흐렸다.

그렇다. 그녀는 지금껏 서신을 주고받은 사람이 있었다.

벌써 오래된 일이었다.

그녀는 상대를 보지도 않았지만, 그의 서신 내용과 글씨만 보고도 그리움에 빠져 버렸다. 언제부턴가 그의 서신만 읽어도 가슴이 두근거리고 달콤한 기분에 빠져들곤 했던 것이다.

한데 그 서신이 일여 년 전부터 오지 않았다. 그녀가 여러 번 인편으로 서신을 보냈지만, 어쩌다가 한 번씩 답장이 올 뿐이었다.

하지만 그 답장조차도 그녀가 기다리던 것이 아니었다. 분명 다른 누군가가 상대를 사칭하고 있는 것이었다. 그의 필체가 아니었고, 그의 문장이 아니었다. 여전히 수려한 필체와 멋진 글귀들이었지만, 이상하게 마음이 울리지 않았던 것이다.

그때부터 유설은 더욱 그리움에 젖고 말았다. 얼굴도 모르는 상대를 그리워하자니 여간 마음이 힘든 것이 아니었다. 그래서 그녀는 표국 일에만 몰두하게 됐고, 이번 표행도 그 바람에 위험을 무릅쓰고 홀로 나서기로 한 것이었다.

유인표가 유설의 어두운 표정을 읽고는 한숨을 섞어 말했다.

"그래도 이 아비는 도무지 이해를 할 수가 없구나. 기껏 서신만 보고 마음이 흔들리다니. 하여튼 요즘 젊은이들이란……."

유인표는 그 서신을 본 적이 없었다.

유설의 입장에서는 왠지 낯부끄러워서 보여주기가 민망했던 것이다.

그러니 더욱 이해가 안 될 수밖에.

유설은 가만히 미소만 지을 뿐이었다.

* * *

양진양은 금룡표국에 머물면서 여유로운 나날을 보냈다. 금룡표국은 그를 은인처럼 대했기 때문에 어느 것 하나 불편함이 없었다. 오히려 지극히 챙겨주는 바람에 민망한 마음이

들 정도였다.

유인표는 응천부 곳곳에 방을 붙여 독을 치료할 수 있는 의원을 모집했다. 벌써 여러 명이 진양의 방에 들러 몸을 진찰하고 여러 가지 약재를 사용해 봤지만 하나같이 효력이 없었다.

결국 숱한 의원들이 두 손 두 발을 들며 물러났고, 오히려 치료하기 어려운 독이라는 소문만 퍼져 괜히 망신을 당할까 봐 겁이 난 의원들이 찾아오지도 않게 됐다.

진양은 이렇게 된 바에야 금룡표국을 떠나는 것이 낫겠다고 판단했다. 어차피 난치병이라면 괜히 신세를 져서 표국에 피해를 끼치기는 싫었던 것이다.

진양이 시종을 시켜 물어보니 마침 흡혈마도 어지간히 기운을 회복해서 걸을 수 있다는 말을 들었다. 그는 곧 자리를 털고 일어나 밖으로 나왔다.

'내가 지금 떠난다고 말하면 은혜를 반드시 갚고자 하는 표국 사람들은 나를 말릴 거야. 차라리 흡혈마를 끌고 가 문전에서 작별을 고하는 것이 낫겠다.'

생각을 정리한 진양은 마구간으로 걸음을 돌렸다.

한데 막 모퉁이를 돌아서려고 하는데, 마침 객당으로 들어서던 유인표와 마주치고 말았다.

유인표는 말끔하게 차려입은 진양을 보더니 깜짝 놀라서

물었다.

“양 소협, 어딜 가는 길이오?”

사정이 이리되자 진양도 더는 숨기지 않고 솔직하게 말했다.

“그간 너무 오래 신세를 졌습니다. 지금까지 받은 은혜는 죽어서도 잊지 못할 것입니다. 이제 저는 길을 떠날까 합니다.”

“아직 독을 치료하지도 못했는데 어찌 이리 서두른단 말이오? 그러지 말고 조금 더 기다려 봅시다. 곧 훌륭한 의원이 찾아올 거요.”

진양은 유인표에게 깊은 감동을 느끼며 담담히 고개를 가로저었다.

“아닙니다. 아무래도 제 병이 고황(膏肓)에 들었나 봅니다. 지금껏 여러 의원이 치료하지 못한 것을 보면 쉽게 나을 병이 아닌 모양입니다. 더 이상은 폐를 끼칠 수 없지요.”

“무슨 그런 말씀을 하시오. 옛말에도 죽은 말을 놓고 산 말처럼 치료한다고 하지 않소. 의원들이 여럿 다녀갔으니 이제 더욱 입소문을 타고 유능한 의원이 찾아올 겁니다. 조금만 더 기다려 보시구려.”

유인표는 말을 꺼내면서도 내심은 자신이 없었다.

사실 근래에 들어 찾아오는 의원들이 점점 줄어들고 있었기 때문이다.

이런 사실을 모르는 진양이 아니었다. 때문에 진양은 오늘만큼은 물러서지 않으려고 했다.

그런데 마침 시녀 한 명이 급히 달려오며 유인표를 불렀다.

"주인마님, 의원 한 분이 찾아왔습니다."

"오, 마침 잘됐구나. 양 소협, 나와 함께 갑시다. 떠날 땐 떠나더라도 찾아온 사람은 만나보아야 할 일 아니겠소?"

"그러지요."

진양도 그마저는 거절하지 못했다. 두 사람은 서둘러 걸음을 옮겼다.

유인표와 진양이 사합원 대청으로 들어서자 마침 시종이 손님에게 차를 내오고 있었다.

한데 가만 보니 의원이라고 찾아온 자는 나이가 지긋한 노파였다. 게다가 자기 몸보다 훨씬 큰 옷을 입고 있었기 때문에 전체적으로 추루해 보이는 인상이었다.

유인표는 얼른 탁자에 마주 앉으며 인사를 건넸다.

"기다리게 해서 죄송합니다. 유인표라고 합니다. 어디서 오신 분인지요?"

노파는 차를 마시다가 고개를 들어 유인표를 힐끔 바라보았다. 그녀가 찻잔을 내려놓고 시큰둥한 목소리로 대꾸했다.

"그냥 여기저기 떠돌아다니는 의원일 뿐이오."

"그러시군요. 높으신 존함이 어찌 되시는지……?"

"존함이라고 할 것까지 뭐 있겠소? 그저 백파(白婆)라고 불러주시오."

유인표는 상대의 차가운 태도가 조금 마음에 걸렸지만, 겉으로 내색하지 않고 대답했다.

"예, 그러지요. 그런데……."

"확실하오?"

백파가 말을 가로지르며 묻자, 유인표는 어리둥절한 표정으로 되물었다.

"무얼 말씀하시는지요?"

"돈! 독을 치료해 주면 은자 이백 냥을 준다던데?"

그제야 유인표는 이 노파가 은자에 눈독을 들이고 있다는 사실을 알았다. 지금까지 찾아오는 의원 중에도 이렇듯 돈을 노리고 오는 사람이 적지 않았다.

하지만 그들은 모두 진양의 독을 치료하지 못했다. 오히려 돈을 밝히는 자들일수록 더 빨리 포기하고 물러났다. 때문에 유인표는 내심 실망할 수밖에 없었다.

그러나 겉으로 드러내지는 않고 대답했다.

"치료만 할 수 있다면 이백 냥을 드리지요. 단, 치료를 하지 못한다면……."

"환자는?"

이번에도 백파가 말을 가로지르며 물었다.

아무리 후덕한 인심을 가진 유인표라지만, 말끝마다 가로채이자 내심 기분이 상했다. 그러다 보니 자연히 백파를 무시하는 마음까지 생겼다.

'이런 자가 제대로 된 의원일 리가 없지.'

그가 별 기대를 가지지 않고 진양을 소개했다.

"양 소협, 이리 와서 앉으시지요. 백파, 이분이 환자입니다."

진양이 다가오자, 그를 힐끔 바라본 백파의 눈빛이 일순 흔들렸다.

하지만 그 눈빛의 변화는 매우 짧은 순간에 지나지 않았기에 아무도 눈치채지 못했다.

진양이 자리에 앉자 유인표가 사정을 설명했다.

"양 소협은 지난번 우리 표국을 돕다가 독침에 당했습니다. 독침을 뽑아낸 건 한 식경 정도 지난 후였고……."

그런데 이번에도 백파는 유인표의 말을 듣는 척도 하지 않더니 불쑥 팔을 뻗어 진양의 손목을 잡았다. 그녀는 눈을 지그시 감으며 맥을 짚었다.

말을 꺼내던 유인표는 머쓱해진 기분이 들어 그만 입을 다물었다.

잠시 후 그녀가 눈을 떴다.

유인표가 물었다.

"어떻습니까? 치료할 수 있겠습니까?"

"흥! 치료도 할 수 없으면서 뭣하러 왔겠소?"

백파가 퉁명스레 대꾸했다.

마치 시비를 거는 듯한 말투였지만, 유인표도 이번만큼은 마음에 두지 않고 되물었다.

"정말 독을 치료할 수 있단 말씀입니까?"

이렇게 선뜻 치료할 수 있다고 호언장담하는 사람은 처음이었기에 그는 반신반의하는 표정이었다.

진양 역시 뜻밖의 대답에 눈을 동그랗게 뜨고 백파를 쳐다보았다. 백파는 게슴츠레 뜬 눈으로 진양의 표정을 가만히 살피다가 말했다.

"치료하는 거야 대수롭지 않지. 한데 치료해 주고 싶은 마음이 사라졌어."

이건 또 무슨 소린가.

진양은 물론 유인표도 어리둥절한 표정이 되고 말았다.

치료를 하려고 왔다면서 갑자기 치료해 주기가 싫어졌다니?

유인표가 얼른 짚이는 것이 있어 물었다.

"혹시 보상금이 적어서 그렇습니까? 치료 과정이 까다로운 독이라면 충분히 감안해서 사례를 해드리지요."

"호오, 얼마나 주실 수 있겠소?"

백파가 비아냥거리듯 물었다.

유인표가 차분하게 되물었다.

"얼마면 충분하실는지요?"

"글쎄… 황금 천 냥?"

"……!"

유인표와 양진양이 순간 돌처럼 굳은 채 아무 말을 하지 못했다.

황금 천 냥이라니!

은자로 천 냥이라고 해도 놀라 뒤집어질 판인데, 황금으로 천 냥이라니?

아무리 부유한 금룡표국이라지만 그만한 돈을 쓰는 것은 쉬운 일이 아니었다.

유인표가 난감한 표정으로 물었다.

"그 정도로… 까다로운 독입니까?"

"흣! 세상에 그런 독이 어디 있겠소? 그럼 황금을 처바르면 낫는 독인가 보지?"

말을 마친 백파가 배꼽을 쥐고 킬킬거렸다. 그 웃음소리가 몹시 경박하고 기분 나쁘게 들렸다.

그제야 백파가 실없이 내뱉은 소리라는 것을 안 유인표는 화가 치밀어 올랐다.

그가 탁자를 '탕' 치면서 일어났다.

"도대체 치료를 할 수 있다는 거요, 없다는 거요?"

"말하지 않았소? 내가 치료하지 못할 독은 없지!"

"허튼소리! 그렇다면 어째서 실없는 소리나 내뱉고 있는 거요? 실력이 없으니 하는 소리겠지!"

"뭣이? 내가 치료하지 못하는 독은 없소!"

"그럼 어째서 치료를 하지 않겠다는 거요?"

"이 녀석이 마음에 안 드니까!"

백파가 손가락질로 양진양을 가리켰다.

유인표와 진양은 황당한 표정으로 서로를 번갈아볼 뿐이었다.

유인표가 마음을 가라앉히고 진양을 돌아보았다.

"양 소협, 혹시 아는 분이오?"

진양은 고개를 갸웃거리면서 백파를 바라보았다.

하지만 아무리 봐도 처음 보는 얼굴이었다.

더구나 진양은 지난 세월 천상련에 갇혀 지냈고, 나와서는 동굴 속에서만 지냈으니 아는 얼굴이라곤 몇 명 되지도 않았다. 기껏 해봐야 근래 한 달여 동안 돌아다니면서 스친 인연일 텐데, 잠깐 스친 사람들을 어찌 일일이 기억할까?

진양이 고개를 가로저었다.

"아니오. 처음 뵙는 분입니다. 백 의원님, 혹시 저를 아십니까?"

"흥! 네놈이 누군지 내가 알 게 뭐냐?"

백파의 대답에 유인표와 양진양은 더욱 모를 표정이 됐다. 도대체 이 노파는 어떤 사람이기에 이렇게 이상한 성격을 가지고 있단 말인가?

이쯤 되자 두 사람은 이 노파가 정말로 독을 치료할 수 있는 의원인지, 아니면 심보가 고약한 그저 미친 노파인지 알 수가 없었다.

그때 유인표의 머릿속에 한 가지 좋은 생각이 떠올랐다.

'옳지! 백무량을 불러야겠다. 그가 지금 독을 치료 중이니 이 노파가 정말 독에 대해 잘 아는지 시험해 볼 수 있을 게야.'

생각이 여기까지 미친 유인표는 얼른 시종을 불렀다.

"가서 백 표사를 불러와서 이 노파를 모시고 나가도록 해라."

"예, 나리."

시종은 몸을 돌려 나가면서도 내심 의아하게 생각했다. 노파를 끌어내려고 한다면 주위에 다른 표사들이 많이 있는데 왜 하필 아직 병이 다 낫지도 않은 백 표사를 불러오라고 하는 것일까?

반면 백파는 유인표가 자신을 믿지 못해서 돌려보내는 것이라 생각했다. 자존심이 상한 그녀가 차갑게 일렀다.

"나는 치료할 수 없는 게 아니야. 치료하지 않겠다는 게지."

"누가 뭐라고 했습니까? 어쨌든 그렇다면 치료할 수 없는 것과 마찬가지 아니겠습니까?"

"흥! 내 말을 믿지 않는군."

유인표는 그저 빙그레 미소만 지을 뿐 대꾸하지 않았다.

그때 표사 백무량이 대청으로 들어왔다.

"국주님, 부르셨습니까?"

"여기 이 노파를 대문까지 모셔다 드리게나."

유인표는 일부러 '의원' 이라는 호칭 대신 '노파' 라는 호칭을 사용했다.

"알겠습니다."

백무량이 내심 의아해하면서도 백파를 이끌었다.

"그만 가시지요."

백파는 백무량에게 팔이 이끌려 자리에서 일어났다. 가지 않겠다고 버틸 수도 있겠지만 굳이 거부할 생각도 없었다.

한데 백무량의 손이 몸에 닿자 그녀는 곧바로 몸을 돌리고 그를 바라보았다.

"흘흘, 독에 당한 지 한 달 정도 됐나 보군."

그 말에 백무량은 물론 유인표와 양진양도 깜짝 놀라서 백파를 바라보았다. 그저 손이 닿았을 뿐인데 백파는 백무량의 상태를 정확히 알아보았던 것이다.

백무량은 이 귀신같은 노파의 추측에 뭔가에 홀린 듯한 표정을 지었고, 유인표는 얼른 자리에서 일어났다.

"지금 그자가 독에 당했다고 했소?"

백파는 곧 유인표의 심중을 읽을 수 있었다.

'흘흘. 나를 시험해 보는 것이렷다?'

백파가 백무량을 힐끗 보더니 말을 이어갔다.

"이자는 내장을 상했군. 오령지(五靈脂), 소목(蘇木), 토구(土狗), 생용골(生龍骨), 천금자(千金子) 따위로 처방을 받았겠지?"

유인표와 백무량은 들을수록 놀라웠다.

실제로 백무량은 백파가 말한 약재들로 조제를 해서 먹는 중이었다.

백파가 피식 웃으며 말을 덧붙였다.

"거기에 합분(蛤粉)과 철선초(鐵線草), 투골균(投骨菌)을 배합해서 조제한 후 매일 저녁마다 복용하면 칠 주야 후에는 완치될 것이오."

백파의 말에 유인표와 백무량은 그저 멍한 표정이 됐다. 유인표는 곧 정신을 수습하고는 얼른 시종을 시켜 약을 조제한 의원에게 이 사실을 알리도록 했다. 만약 백파의 말이 사실이라면 그 의원 역시 깨닫는 바가 있을 터였다.

이쯤 되자 유인표는 백파가 단순히 미친 노파가 아니라는 쪽에 무게를 두었다.

"백 의원님, 아쉬운 것이 있다면 말씀을 해주시지요."

백파는 유인표의 태도가 달라진 것을 보고는 내심 흐뭇한 미소를 지었다.

하지만 그녀는 여전히 고집을 부렸다.

"글쎄, 환자가 맘에 안 든다고 하지 않았소?"

"서로 일면식도 없다면서 어찌 치료해 주기를 거부하십니까?"

"내가 싫어하는 상이라서 그렇소. 사람 싫은 데 어디 이유 있나?"

백파가 끝내 말도 안 되는 고집을 부리니 유인표와 양진양도 어찌할 바를 몰랐다.

사정이 이리되자 진양도 괜히 멋쩍은 마음이 들어 유인표를 말리고 나섰다.

"국주 어르신, 그만 보내 드리지요. 저분이 절 치료하고 싶지 않다는 데야 방법이 없지 않겠습니까? 이것도 제 운명이라 여겨야지요."

하지만 유인표는 이 노파를 그대로 떠나보내기가 싫었다.

그는 자신의 딸을 구해준 양진양이 몹시 마음에 들었다. 처음에는 은인으로서 그를 대했지만, 시간이 지나면서 점점 그의 사람됨에 이끌려 절로 친분이 생겨난 것이다. 그래서 진양이 완치되면 표국에서 일해볼 생각이 없냐고 제의까지 할 생각이었다.

만약 이대로 이 노파를 보냈다가는 또 언제 용한 의원이 나타날지 알 수 없는 노릇이었다.

유인표가 다시 물었다.

"정녕 치료하지 않고 가시렵니까? 만약 완치만 된다면 은자 서른 냥을 더 드리지요."

"흐음."

백파가 눈을 가늘게 뜨고는 가만히 생각에 잠겼다.

그녀로서는 이대로 가자니 양진양이 짐짓 소탈하고 의로운 사람처럼 보이는 것이 또 마음에 들지 않았다. 한참 후에 그녀는 무슨 생각이 들었는지 보일 듯 말 듯 미소를 짓고는 고개를 끄덕였다.

"좋소. 받아들이지."

그녀가 선뜻 수락하자 유인표의 눈이 번쩍 뜨였다.

"정말입니까?"

"그렇소. 단, 내가 여기서 지내는 동안 부족함이 없어야 할 거외다."

"물론이지요. 여봐라! 어서 백 의원님께 묵을 곳을 안내해

드리고 음식을 대접하라!"

"예, 나리."

시종이 다가와서 백파를 안내해 갔다.

그들이 대청을 나가고 나자 유인표가 양진양의 손을 맞잡았다.

"양 소협, 정말 잘된 일이오."

"국주 어르신 덕분이지요. 감사드립니다."

"무슨 말씀을!"

유인표가 환하게 웃으며 대답했다.

반면 진양은 조금 전 백파가 사라진 방향을 물끄러미 바라보았다.

그날 밤 백파가 독을 치료해 주겠다며 진양의 방을 찾아왔다. 진양은 낮에 있었던 일 때문에 어쩐지 이 노파가 썩 내키지 않았지만 겉으로 내색은 하지 않았다.

백파는 진양을 침상에 눕게 한 후 맥을 짚더니 곧 약방문을 지어 시종에게 건네주었다. 그러고는 진양에게 웃옷을 벗게 하고는 침을 꺼내 각 부위의 혈을 찔러갔다.

한데 백파가 침을 찌를 때마다 진양은 아찔한 고통이 뇌리까지 들쑤셔 정신을 차릴 수가 없었다. 이윽고 네 번째 침을 맞았을 때는 너무나 고통스러워 저도 모르게 비명을 터뜨리고 말았다.

"아악!"

침을 놓던 백파가 혀를 끌끌 차며 눈을 흘겼다.

"어린것이 참을성이 없구나."

"백 의원님, 너무 아파요. 조금 덜 아프게 할 수는 없습니까?"

"흥! 입에 쓴 약이 몸에 좋다는 말도 모르는가? 어찌 몸이 편하면서 병만 낫는 침술을 원하는고?"

백파는 날카롭게 대꾸하면서 거침없이 다섯 번째 침을 놓았다. 이번에는 등허리 부분에 위치한 간유혈(肝兪穴)이었는데, 침이 다섯 푼 깊이로 들어가자 진양은 너무나 고통스러워 숨도 쉬기 힘들었다.

본래 간의 기운을 가장 잘 전달받는 간유혈의 경우에는 침을 놓을 때 통상 삼 푼의 깊이로 찔러야 한다. 한데 그보다 이 푼이나 더 깊이 들어갔으니 그 고통은 이루 말할 수 없었으리라.

"끄윽!"

통증을 참으려고 이를 악물었더니 잇몸에서는 피가 배어 나왔다.

백파는 그러거나 말거나 계속 침을 놓아갔다. 그녀가 침을 한 대씩 놓을 때마다 진양은 뇌리를 들쑤시는 고통에 사경을 헤맬 정도였다.

'이러다가 침을 맞다가 죽는 것은 아닌지 모르겠구나!'

침술이 어찌나 고약한지 정신을 잃지도 못하게 만들었다.

지옥 같은 시간이 지나고 나자 백파는 놓았던 침을 하나씩 뽑기 시작했다.

침을 모두 거둔 백파가 자리에서 일어나며 퉁명스레 말을 던졌다.

"내일부터 시종이 달여주는 약을 매일 아침저녁으로 챙겨 먹도록 해라."

진양은 기진맥진한 상태로 대답했다.

"수고… 많으셨습니다. 그런데 언제쯤 다 나을 수 있을까요?"

"흥! 욕심도 많구나. 오늘 처음으로 침을 맞았으면서 벌써부터 나을 생각을 하다니. 우물가에서 숭늉을 찾지 그러느냐?"

백파의 툭 쏘아붙이는 듯한 말투 때문에 진양은 더 이상 말을 붙이지 못하고 입을 다물었다.

다음날 아침이 되자 정말 시종이 약재를 달여왔다.

한데 그 약이 어찌나 쓴지 한 모금 입에 넣었던 진양은 하마터면 모조리 토해낼 뻔했다. 코를 막고 꾸역꾸역 약을 마신 진양은 하루 종일 단 것을 입에 물고 있어야 할 정도였다.

오후가 되어서 진양은 서서히 운기를 해보았다. 과연 침술과 약재가 효력을 발한 것인지 어느 정도 수준까지는 운공하는 데 큰 문제가 없었다.

하지만 내력을 끌어올리는 양이 많아지면 어김없이 현기증이 생기고 머리가 어지러웠다.

백파는 매일 밤마다 찾아와서 침을 놓았다. 그럴 때마다 진양은 온몸이 찢어질 듯한 고통에 몸부림쳐야만 했다. 그럼에도 백파는 위로의 한마디는커녕 오히려 진양이 참을성이 없다고 나무라기만 했다.

그렇게 칠 주야가 흘렀다.

진양이 오후의 따뜻한 햇살을 받으면서 정원을 거닐고 있을 때였다. 마침 유설이 객당으로 들어서며 진양을 보고 인사를 건넸다.

"양 소협, 몸은 좀 어떠신가요?"

"덕분에 많이 좋아졌습니다."

"약이 많이 쓰다고 들었어요. 매일 밤 맞는 침도 무척 아프다고 하던데요."

유설이 걱정스런 표정으로 물었다.

그녀는 그동안 시종으로부터 진양의 치료 과정에 대해서 줄곧 들어왔던 것이다.

진양이 멋쩍게 웃으며 뒤통수를 긁적였다.

자칫 유설에게 침과 약을 두려워하는 철없는 소년처럼 비칠까 봐 염려스러웠다.

하지만 정말이지 백파가 놓는 침은 세상의 그 어떤 고문보다도 지독했다.

게다가 약은 또 어떤가.

한 모금만 마셔도 오장육부가 뒤집어져 토할 것만 같았다.

유설은 진양의 반응을 보고 근심 서린 목소리로 중얼거렸다.

"정말… 그 의원이 치료할 수 있긴 한 걸까요? 침술과 약이 너무 지독하다고 하니 오히려 걱정되네요."

"백 의원님도 노력하고 계시니 곧 차도가 있겠죠."

"하지만 당장 눈에 띄는 변화가 없으니… 아, 죄송해요. 제가 실례되는 말을……."

"아니에요. 다 절 걱정해서 하시는 말씀인 걸요."

진양은 유설이 이처럼 자신을 생각해 주자 내심 감동을 받았다. 그러면서도 한편으로는 그녀와 같은 생각을 완전히 떨쳐 낼 수가 없었다.

벌써 칠 주야가 흘렀건만 몸에 나타나는 뚜렷한 변화는 없었다. 치료를 시작한 첫날에는 분명히 차도가 나타났다. 그런데 사흘 정도가 지나자 증세는 다시 나빠졌다. 그러다가 엿새가 지나자 다시 좋아졌고, 지금은 또 약간 나빠진 상태였다.

증세가 호전됐다가 악화되길 반복하니 진양으로서도 의심이 전혀 들지 않는다면 거짓말이었다.

어디 그뿐인가?

어떤 날은 침술을 놓으러 온 백파에게서 술 냄새가 훅 끼쳐올 때도 있었다.

'혹시 그 노파가 어쩌면 일부러 날 낫지 않게 하는 것이 아닐까? 처음부터 노파는 날 마음에 들어하지 않았지. 도대체 왜 그랬을까?'

한편 유설은 진양의 어두워진 표정을 보고는 자신이 괜한 이야기를 꺼내 걱정을 끼쳤다고 내심 자책했다.

그때 어디선가 '삐루룽' 하는 맑은 새소리가 울렸다. 진양이 무심코 고개를 돌려 바라보는데, 마침 팔색조 한 마리가 정원을 휙 날아서 지붕 너머로 사라지는 것이 아닌가.

"저건!"

진양이 깜짝 놀라서 말을 뱉자, 유설이 고개를 갸웃거리고 보았다.

"왜 그러세요?"

"혹시 방금 지나간 새 못 보셨나요?"

"아뇨. 새 소리는 들었지만……. 그런데 갑자기 새는 왜……?"

하지만 이미 깊은 생각에 빠져 있는 진양의 귀에는 유설의 목소리가 들리지 않았다. 진양은 조금 전 정원을 가로지르며 날아간 새를 떠올리고 있었다. 무척 빠르게 지나갔지만 분명히 그 모습을 볼 수 있었다.

'틀림없이 팔색조였어. 붉은 꼬리 깃털이 유난히 긴. 그렇다면 어쩌면…….'

진양은 혼자만의 생각에 잠겨 천천히 방으로 들어갔다.

유설은 혹시나 그가 상심한 나머지 혼자만의 조용한 시간을 가지고 싶어할까 봐 더는 부르지 않았다.

그날 저녁 백파는 어김없이 침구통을 들고 진양의 방에 나타났다. 그녀는 탁자에 앉아 있는 진양을 보고는 눈썹을 찌푸렸다. 이때쯤엔 침상에 웃옷을 벗어놓고 엎드려 있어야 했던 것이다.

"뭘 하고 있는 게야? 침을 맞지 않으려는 게냐?"

"예. 더 이상은 맞지 않으려고요."

뜻밖의 대답에 백파가 눈을 휘둥그레 떴다.

"그게 무슨 소리냐?"

"아무리 생각해도 이 독은 치유될 수 없을 듯합니다."

"흥! 그사이에 의원이라도 된 것이냐? 진단은 내가 한다."

"아뇨. 사실 백 의원님으로서는 아무래도 무리인 듯합니다."

"네놈이 지금 나를 무시하는 것이냐?"

"무시하는 것이 아니라 제 병의 증세를 좀 더 확실히 깨달았을 뿐입니다. 게다가 내력은 운기하지 않는다면 큰 불편함이 없으니 생명에 지장없다면 이대로 사는 것도 나쁘진 않겠지요."

"흥! 세상에 몸에 해롭지 않은 독이 있을 성싶으냐? 그 독은 운기를 할 때 독효가 즉각적으로 나타나는 것이고, 평소에는 천천히 네 몸을 잠식해 가느라 느낄 수 없는 것일 뿐이다."

진양이 슬쩍 눈치를 살펴보니 그 말은 진심인 듯했다.

하지만 진양은 짐짓 생사에 달관한 듯 처연한 태도로 말을 이어갔다.

"그래도 상관없습니다. 앞으로 일 년 정도만 더 살 수 있어도 차라리 고통없이 사는 것이 낫겠습니다. 백 의원님의 침술은 도저히 참기 힘든걸요. 지난 칠 주야 동안 저는 칠십 년은 산 듯한 기분입니다."

"앞으로 일 년? 네놈이 여기서 치료를 멈춘다면 반년도 넘기지 못할 것이다."

진양이 곁눈질로 보니 이번 말은 진심인지 거짓인지 분간하기가 어려웠다.

하지만 진실 여부는 중요한 것이 아니었다.

진양은 슬슬 자신이 생각한 계책을 이행했다.

"그래도 할 수 없지요. 아무래도 백 의원님께서는 제 독을 치료할 능력이 안 되시는 듯하니."

"뭐야? 나는 그저 네놈을……."

진양이 얼른 말을 가로챘다.

"제가 아는 한 이 독을 치료하실 수 있는 사람은 세상에 딱 한 분밖에 없습니다."

그러자 백파가 눈썹을 잔뜩 찌푸리고 물었다.

"세상에 딱 한 명? 그게 누구란 말이냐?"

"그분은 독에 대해서는 누구보다도 박학다식하지요. 오래전 저를 보살펴 주시던 어르신이 그러셨거든요. 천하에 누구도 그분에게 독으로 이길 수는 없을 것이라구요."

그 말에 백파의 눈빛이 일순 흔들렸다.

그녀가 가늘게 떨리는 목소리로 물었다.

"그, 그게… 누구란 말이냐?"

"휴우! 관두지요. 어차피 여기 없는 분을 입에 올려 무엇하겠습니까?"

"내가 묻질 않느냐! 그자가 누구란 말이냐?"

백파가 버럭 역정을 부렸다.

진양은 짐짓 놀란 척하며 바라보다가 이내 입을 열었다.

"그분은 강호에서 십지독녀라는 별호로 명성을 떨친 분이십니다. 절 보살펴 주시던 어르신은 세상 천하에 십지독녀의 십지독공을 능가할 수 있는 독은 어디에도 없다고 하셨지요. 그분이라면 분명히 절 치료할 수 있겠지요."

그러자 백파가 탁자를 '탕!' 내려치면서 물었다.

"그 말이 정녕 사실이냐? 네가 모시던 분이 그런 말을 하셨단 말이냐?"

"그렇습니다. 안타깝게도 얼마 전에 돌아가셨지만요."

진양이 울적한 목소리로 말하자, 그 감정이 백파에게도 전해졌는지 그녀의 눈시울이 뜨거워졌다.

그때 돌연 진양이 눈물을 흘리며 흐느꼈다.

그렇잖아도 감정이 복받쳐 오르던 백파가 짐짓 매섭게 소리쳤다.

"사내 녀석이 어찌 눈물을 보인단 말이냐?"

"갑자기 그분 생각이 나서 그렇습니다."

"네가 모셨다던 분 말이더냐?"

"아니오."

"그렇다면?"

"십지독녀 매 선배님이 생각났습니다."

백파의 눈빛이 흔들렸다.

"어째서 그자를 생각하고 눈물을 흘리는 것이냐?"

"저는 그분께 해서는 안 될 말을 했습니다."

"해서는 안 될 말이라?"

"저는 그분에게 제가 모시던 어르신의 원수라고 욕했습니다. 그리고 어르신이 돌아가신 이유가 그분 때문이라고 몰아세웠지요. 그런데 지금 생각해 보면 누구보다도 어르신을 생각하시던 분이 바로 그 매 선배님이었습니다. 한데 제가 그토록 무례한 언사를 저질렀으니 후회가 막심해서 눈물이 납니다."

진양이 소매로 눈물을 훔치고는 계속 말을 이어갔다.

"일 년 뒤에 절 찾아오신다고 하셨는데, 그때가 되면 저는 그분께 정중히 사과를 드리려고 했습니다. 한데 이제 제 목숨이 일 년도 남지 않았다고 하니 저는 그분께 씻을 수 없는 상처를 안겨 드린 채 사과도 하지 못하게 됐습니다. 이런 처지를 생각하자니 마음이 너무나 괴롭습니다."

진양이 울면서 말하자 백파도 어느새 눈가에 눈물이 촉촉하게 고이고 있었다. 그녀의 눈길은 허공에 머문 채 보이지 않는 무언가를 좇는 듯했다.

그녀가 길게 한숨을 내쉬더니 착 가라앉은 목소리로 말했다.

"웃옷을 벗고 엎드려라. 침을 맞아야지."

"괜찮습니다. 무리하지 않으셔도 됩니다. 어차피 제 독은 매 선배님이 아니면 치료할 수 없을 겁니다."

백파는 다시 한 번 한숨을 내쉬고는 나직이 말했다.

"내가 매지향이다. 이제 너를 정말 치료해 줄 테니 침을 맞도록 해라."

그 말에 진양은 깜짝 놀란 표정을 지으며 백파를 바라보았다.

하지만 진양은 짐짓 화난 표정을 지으며 소리쳤다.

"무슨 그런 말도 안 되는 소리를 하시오! 매 선배님은 비록 연세가 있으시지만 천하절색이라고 해도 손색없을 만큼 아름다우십니다! 어르신이 늘 그리워하던 그분의 모습을 제가 모르시는 줄 아십니까? 누굴 속이려고!"

눈앞에 늙수그레한 노파를 두고 차마 해서는 안 될 말이었지만, 진양은 짐작한 바가 있었기에 거침없이 소리쳤다. 과연 백파는 노하기는커녕 은근히 만족하는 기색까지 띠며 대꾸했다.

"그래, 네가 아는 매지향이 바로 나다. 내가 일 년 뒤에 너를 찾아 죽이기로 했지. 약속대로 난 일 년 뒤에 널 찾아서 죽일 거다. 그러기 위해서라도 널 일 년 동안은 멀쩡하게 살게 해야겠지."

백파의 목소리가 말을 하는 와중에 점점 변하더니, 이내 청아하고도 아름다운 목소리가 흘러나왔다. 진양이 더욱 놀란 표정으로 더듬거리며 물었다.

"정, 정말 매 선배님이십니까?"

"그렇다."

"도저히 믿기 힘듭니다. 제가 알던 매 선배님은……."

그 순간 백파의 몸이 기이하게 꺾이면서 부풀어 오르는가 싶더니, 점점 허리가 곧게 펴지고 키가 자라기 시작했다. 이내 헐렁하던 옷이 몸에 딱 맞으며 아름다운 굴곡이 여실히 드러났다.

그녀가 목 언저리에서 살가죽을 벗겨내자 가히 화용월태(花容月態)라 이를 만한 미녀가 눈앞에 서 있었다.

사실 진양은 내심 짐작은 하고 있었지만, 막상 매지향을 눈앞에서 보자 입이 척 벌어져서 다물 생각을 하지 못했다.

그렇다. 그녀는 바로 십지독녀 매지향이었던 것이다.

경정산에서 진양과 헤어진 매지향은 곧바로 하산하지 않고 제자 소담화와 함께 임패각이 머물던 동굴에서 한동안 지냈다. 하루하루 슬픔에 잠겨 시간을 보내다 보니 매사에 무기력하고 그리움만 깊어져 갔다.

결국 사부가 걱정된 소담화는 매지향을 설득해서 응천부로 향하게 됐다. 그나마 사람들이 많은 거리에서 같이 북적이다 보면 그리움을 조금이나마 덜 수 있을까 싶었던 것이다.

하지만 매지향과 소담화의 아름다운 용모를 본 사람들이

두 사람을 가만 놔두지 않았다. 물론 추파를 던져 올 때마다 매지향은 어김없이 살수를 펼쳐 쥐도 새도 모르게 상대를 죽이곤 했다.

하지만 그마저도 귀찮아진 그녀는 곧 축골공(縮骨功)을 이용해서 몸을 변형시키고 인피면구(人皮面具)를 써서 외모를 완전히 바꿔 버렸다. 그런 뒤에는 줄곧 주루에서 술독에 빠져 지냈다.

하지만 얼마 지나지 않아 가진 돈이 바닥이 나자 더 이상 머물 곳도 마실 술도 없었다. 매지향은 소담화에게 매일같이 돈을 벌어오라고 야단을 쳤다.

결국 소담화는 매지향의 곁을 잠시 떠나 있는 것이 낫겠다고 판단했다. 그녀는 강서(江西) 지역에서 임패각을 사칭하는 자를 처단하겠다는 명목으로 매지향의 곁을 떠났다. 그 후 매지향은 응천부 일대를 방황하다가 마침 독을 치료할 수 있는 유능한 의원을 찾는다는 방을 보게 된 것이다.

돈이 필요했던 매지향은 금룡표국을 찾아왔고, 이곳에서 뜻하지 않게 진양을 만나게 되었다.

하지만 그녀로서는 진양이 결코 반가울 리가 없었다. 특히 경정산에서 헤어질 때는 진양에게 모진 말을 들었던 터라 더욱 괘씸한 생각이 들었다.

그래서 그녀는 진양을 치료해 주지 않고 일부러 시간을 끌면서 독한 약을 지어주고 아픈 침을 놓았던 것이다.

한데 이렇게 진양에게 임패각의 이야기를 다시 듣게 되고, 그가 살아생전에 자신을 추켜세웠다는 이야기를 듣자 그만 마음이 약해지고 만 것이다.

게다가 진양이 자신에게 했던 말을 후회하며 눈물까지 흘리니, 응어리졌던 마음이 조금이나마 풀어졌다.

한편 진양은 매지향이 본모습을 드러내자 그 자리에서 벌떡 일어나서 무릎을 꿇고 절을 올렸다.

"매 선배님! 정말 매 선배님이셨군요! 제가 선배님을 몰라보고 큰 실수를 저질렀습니다. 용서해 주십시오."

매지향의 마음이 누그러지긴 했지만, 진양에 대한 감정이 완전히 사라진 것은 아니었다.

그녀가 콧방귀를 뀌며 시선을 외면했다.

"흥!"

"선배님, 지난번 경정산에서는 제가 큰 실례를 범했습니다. 선배님과 헤어지고 나서 정말 많이 후회했습니다. 언젠간 선배님을 다시 만나게 되면 반드시 용서를 빌고 싶었는데 이렇게 만나뵙게 되니 정말 다행입니다."

사실 이 말은 한 치의 거짓도 없는 진심이었다.

진양은 줄곧 매지향에게 독설을 퍼부은 것이 마음에 걸렸던 것이다.

매지향 역시 진양이 곱게 보이지만은 않았지만, 서로 그리운 사람을 잃었다는 동병상련의 아픔을 가지고 있는지라 왠지 마음이 동했다.

그래서 그녀도 더는 독하게 대하지 않고 한숨을 섞어 말했다.

"지나간 일이다. 웃옷을 벗고 엎드려라."

"제 독을… 치료해 주시려는 건지요?"

"흥! 어차피 일 년 뒤에는 널 죽이기 위해 다시 찾을 것이다. 그건 이미 내가 한번 내뱉은 말이니 어기지 않을 것이다. 다만 그때까지는 멀쩡하게 살아 있어야겠지."

"감사합니다, 매 선배님."

진양은 고개 숙여 사례하고는 웃옷을 벗었다. 그리고 침상에 가서 누웠다.

매지향은 그에게 다가가더니 손을 번쩍 치켜 올렸다. 얼핏 보면 살수를 쓰는 것과도 같은 동작이었기에 진양은 내심 움찔거렸다.

하지만 이제 와서 피한다고 해도 늦었기에 그저 눈을 감고 모른 척했다.

다음 순간 매지향의 다섯 손가락이 등에 닿았다. 순간 싸늘하면서도 시큰한 기운이 등줄기를 통해 스며들기 시작했다.

'이건 독이잖아?'

진양은 매지향이 자신에게 독기를 흘려낸다는 것을 직감적으로 깨달았다.

그때, 마치 진양의 생각을 읽기라도 한 듯 매지향이 말했다.

"놀랄 필요 없다. 내 독이 네 몸 속에 있는 독과 서로 상쇄 반응을 일으킬 것이다."

그제야 진양도 다소 놀란 마음을 추스를 수 있었다.

잠시 눈을 감고 있자니 과연 그녀의 말대로 체내의 독기가 조금씩 사라지는 듯한 기분이 들었다. 몸이 점점 가벼워지는가 싶더니 머리도 차츰 맑아져 갔다. 독을 독으로써 치료하는, 이른바 이독공독(以毒攻毒)의 수법을 사용한 것이다.

'이렇게 간단히 치료할 수 있다니.'

진양은 놀랍기도 하면서 새삼 매지향의 능력에 감탄하지 않을 수 없었다.

지금껏 얼마나 많은 의원들이 자신을 진찰하고 나서 고개를 내둘렀던가.

'과연 어르신이 매 선배를 추켜세울 만하구나.'

매지향이 자리에서 일어나며 쌀쌀한 어조로 말했다.

"내일 아침 약을 달여오면 그걸 먹고 나서 즉시 운기해라. 그럼 독은 완치될 것이다."

"선배님, 감사합니다."

진양이 옷을 추슬러 입으며 다시 한 번 감사를 표했다.

매지향이 문을 열고 나서며 여전히 차갑게 말했다.

"흥! 어차피 내가 거둘 목숨, 감사할 필요 없다."

"선배님께서 구해주신 목숨이니 끝까지 지킬 수 있도록 노력하겠습니다."

그 말은 일 년 뒤에 찾아왔을 때는 호락호락 당하지 않을 것이라는 의미도 내포되어 있었다.

매지향은 그저 냉랭하게 코웃음을 치고는 휑하니 나가 버렸다.

진양은 그날 저녁 오랜만에 깊은 잠을 잘 수 있었다.

第三章

양국공(凉國公) 남옥(藍玉)

다음날 진양은 시종이 달여온 약을 마시고는 매지향의 지시대로 즉시 운기를 했다. 그랬더니 몸이 한결 가벼워지고 머릿속이 상쾌해졌다.

아침 일찍 진양을 찾아온 유인표는 독이 완치됐다는 소식을 듣고 누구보다도 기뻐해 주었다.

"정말 다행일세. 이렇게 완치가 됐으니 이보다 기쁜 일이 어디 있겠는가?"

이때쯤 그는 진양과 몹시 가까워져 편하게 말을 놓고 있었다.

그 후 오반을 먹은 진양은 매지향에게 감사의 말을 전하려고 그녀가 머무는 방을 찾아갔지만 이미 방은 깔끔하게 정리되어 있었고, 사람은 보이지 않았다. 시종에게 자초지종을 물어보니, 매지향은 오전에 유인표에게 사례금을 받고 일찌감치 길을 떠났다는 것이다.

다시 한 번 매지향을 만나 감사를 표하고 싶었던 진양은 어쩔 수 없이 발길을 돌려야만 했다.

그는 방으로 돌아와서 좌정한 채로 운기에 집중했다. 이번에는 머릿속으로 자양진경을 떠올리며 마치 필사하는 기분으로 운기를 시작했다.

이미 진양은 수년간 자양진경을 필사한 덕분에 필체까지 거의 완벽하게 떠올릴 수 있는 경지에 이르러 있었다. 그가 머릿속으로 상상 훈련을 하니, 사지백해에 녹아 있던 진기가 원활하게 주천하기 시작했다.

이제는 굳이 문방사우를 갖춰놓고 필사하지 않아도, 머릿속에 자양진경을 떠올리기만 해도 내공을 연마할 수 있는 경지가 된 것이다.

한데 어쩐지 오늘만큼은 다른 때보다도 유독 몸이 개운하게 느껴졌다. 진양은 병이 나아서 그런가 보다 생각하며 계속해서 운기에 집중했다.

무념무상 속에서 운기조식을 이어가던 진양은 새벽닭이

우는 소리에 정신이 번쩍 들었다.

'오랜만에 운공을 했더니 너무 심취해 있었구나.'

잠깐 앉아 있었던 것 같은데, 벌써 밤이 지나고 다음날 새벽이 된 것이다.

진양은 두 눈을 뜨고는 자리에서 일어났다. 몸이 깃털처럼 가벼워 금방이라도 날아갈 것만 같았다.

진양은 조반을 챙겨 먹은 후 유인표가 있는 사합원으로 걸음을 내디뎠다. 그런데 막 객당을 벗어나서 걸어가는데, 마침 뒤채의 후원 쪽에서 날카로운 기합성이 연이어 터져 나왔다. 기합성은 남자의 목소리와 여자의 목소리가 뒤섞여 있었는데, 간간이 금속성도 울려 나왔다.

호기심이 동한 진양이 뒤채를 돌아 가보니 작은 연못가에서 두 남녀가 검을 겨루고 있었다.

사뿐사뿐 보법을 밟으며 움직이는 여인은 때론 부드럽게, 때론 강맹하게 검공을 펼쳐 나가고 있었다. 빛살처럼 검을 뿌리다가도 유유히 뒤로 물러설 때면 마치 등에 날개가 달린 듯 우아하게 보였다.

그녀는 바로 유설이었다.

유설은 검술 대련에 몹시 심취해 있는 듯 보였는데, 그녀가 격렬하게 움직일 때마다 고운 이마를 타고 흐르던 땀방울이 보석처럼 빛나며 떨어져 나갔다.

그녀의 검공에 맞서고 있는 자는 다름 아닌 정여립였다. 두 사람의 검술은 그야말로 용호상박이었다.

하지만 꼼꼼히 살펴보고 있자니, 정여립의 무공이 조금 더 윗길임이 느껴졌다. 거의 비슷한 수준이지만, 때때로 중요한 순간에 정여립이 유설의 정곡을 찌르고 있었다. 그때마다 유설은 화들짝 놀라며 물러서기를 반복했다.

검술을 겨루는 두 사람 옆에는 또 한 명의 중년인이 있었다.

바로 도장옥이었다.

그는 시종 진지하고도 엄격한 눈으로 두 사람의 대련을 지켜보고 있었다.

그때 유설이 다시 기합성을 터뜨리며 소리쳤다.

"야아관월(夜蛾貫月)!"

그녀의 몸이 둥실 떠오르는가 싶더니 검을 위아래로 흔들며 정여립을 공격해 갔다. 정여립은 곧 몸을 기울이더니 유설의 검을 밀어 치며 초식을 전개했다.

"일장춘몽(一場春夢)!"

그러자 놀랍게도 날카롭게 뻗어오던 유설의 검이 방향을 잃고 맥없이 튕겨 나가는 것이 아닌가.

본래 일장춘몽이란, 삶의 덧없음을 이르는 고사성어다. 그런데 이 고사성어를 인용한 초식이 절묘하게도 유설의 매서운 초식을 그야말로 꿈결처럼 와해해 버린 것이다.

그때 지켜보던 도장옥이 얼른 소리쳤다.

"월량낙산(月亮落山)!"

그러자 서너 걸음 물러섰던 유설이 재빨리 몸을 돌리며 그대로 검을 위에서 아래로 내려쳤다. 검이 떨어지는 순간에 검광을 흩뿌리니, 그야말로 달빛이 서산으로 떨어지는 듯했다.

찰나 정어립이 검을 끌어 올리며 소리쳤다.

"군조비상(群鳥飛上)!"

순간 그가 돌개바람처럼 몸을 빠르게 회전시켰다. 그 속도가 어찌나 빠른지 유설의 검이 한 번 떨어지는 동안 금속성이 여러 번 울렸다. 이는 새 떼가 동시에 하늘을 날아오르는 모습을 본떠 만든 초식이었다.

"크읏!"

유설은 손아귀가 찌릿찌릿 울려 더는 버티지 못하고 뒤로 물러났다.

진양은 두 사람의 대련을 지켜보면서 마음속으로 갈채를 보냈다.

'무공을 수련하기 위해서 일부러 초식명을 외치면서 대련을 하는 거였구나. 두 사람 모두 정말 뛰어난 검공이다. 정 표두에 비해 유 낭자의 무공이 조금 부족하지만, 그 누구도 결코 약하다고 말할 수 없겠다.'

그런데 한편으로는 조금 아쉬운 마음도 들었다. 두 사람 모두 대단한 실력을 과시하고 있었지만, 진양이 보기에 어딘지 모르게 부족한 부분이 느껴졌던 것이다. 특히 유설의 검술에서는 더욱 그랬다.

그때 문득 등 뒤에서 인기척이 들려 고개를 돌려보니, 어느새 유인표가 다가와 있었다. 그가 빙그레 웃으며 말을 건넸다.

"자네도 여기 있었군. 어떤가, 딸아이의 솜씨가?"

"제 주제에 어떻게 남을 평하겠습니까? 그저 두 분의 화려한 검술 실력에 넋을 놓고 있었을 뿐입니다. 오늘 제가 안목을 크게 넓혔습니다."

"허허, 과찬일세. 아직 많이 부족한 아이라네."

진양이 고개를 저으며 말했다.

"아닙니다. 정말 검법이 정교하기 이를 데 없습니다. 한데 저 검법이 무엇인지요?"

그 말에 유인표는 내심 기분이 좋아져서 대답했다.

"월야검법(月夜劍法)이라는 것이네. 우리 선조께서 달밤에 영감을 얻어 하룻밤 사이에 이룬 검법이라고 하네."

"정말 대단하군요. 하룻밤 사이에 만들어낸 것이라고는 믿어지지 않을 정도입니다."

두 사람은 두런두런 대화를 나누면서 대련하는 곳으로 좀 더 가까이 다가갔다.

마침 대련을 지켜보며 이따금씩 지적해 주던 도장옥이 두 사람을 보고는 인사를 건네왔다. 그럼에도 유설은 아버지와 양진양이 다가왔다는 사실도 모른 채 오로지 대련에만 열중하고 있었다.

"유 낭자의 집중력이 정말 대단합니다."

진양이 칭찬하자 유인표는 씁쓸한 미소를 지으며 얕게 한숨을 내쉬었다.

"사실 저 아이는 지금 어떤 생각을 떨쳐 내는 중이라네."

"그게 무슨 말씀입니까?"

"딸아이는 몇 해 전부터 서신을 주고받는 남자가 있었네. 나로서는 이해가 안 되지만, 딸아이는 그 상대에게 마음이 흔들렸나 보네. 한데 대략 일여 년 전부터 그 사람에게서 서신이 오지 않는 모양일세. 그 후로 딸아이는 틈만 나면 저렇게 검술 대련에만 몰두하고 있다네. 쯧쯧. 서로 본 적도 없으면서 단지 글만 보고 저렇게 그리워하다니……."

유인표는 도무지 이해할 수 없다는 듯 혀를 끌끌 찼다.

한편 진양은 내심 놀라운 심정이었다. 그가 천상련에 있을 때 곽연을 대신해서 서신을 적었던 기억이 떠오른 것이다.

하지만 진양은 이내 고개를 내둘렀다.

'에이, 설마…….'

그러면서도 또 한편으로는 그 시기가 절묘하게 일치하니 가슴이 두근거렸다.

'곽연이 서신을 보낸 사람도 응천부에 사는 여인이라고 하지 않았던가? 어쩌면…….'

진양이 유인표에게 조심스럽게 물었다.

"혹시 그 상대가 누구인지 아십니까?"

그러자 유인표는 이맛살을 찌푸리며 고개를 절레절레 흔들었다.

"그것도 알 수가 없네. 서신은 그쪽에서 사람을 시켜 보내온 것인데, 언제나 답장을 그 인편으로 보냈으니 말일세. 상대도 소속이나 사는 곳을 밝히지는 않았던 모양일세. 딸아이도 굳이 캐묻는 성격이 아니니 그냥 넘겼던 것이고. 한데 이제 서신을 보내오지 않으니 딸아이도 서신을 보낼 수가 없게 됐지."

그때였다.

"조운모월(朝雲暮月)!"

정여립이 매섭게 소리치며 검을 내찔렀다. 연이어 수세에 몰리던 유설은 뒤로 훌쩍 물러나며 바닥에 착지했다. 한데 정여립의 검공은 그것으로 끝이 아니었다.

그가 사용한 조운모월은 허초와 실초가 섞인 초식이다. 이는 허초가 먼저 올 수도 있고 실초가 먼저 올 수도 있었다.

한데 그가 처음 전개한 것은 바로 조운모월에서 조운(朝雲)에 해당하는 허초였던 것이다. 뒤이어 초승달이 내리꽂히듯 검이 수직으로 떨어졌다.

유설은 깜짝 놀라며 뒤로 다시 물러날 수밖에 없었다. 한데 그녀가 발을 디딘 곳이 하필이면 연못가의 바위 위였다. 순간 그녀의 발이 미끄러지며 중심을 잃고 말았다.

"앗!"

지켜보던 모두가 비명을 내질렀다.

정여립의 검은 그대로 유설의 가슴을 향해 떨어지고 있었다.

만약 유설이 미끄러지지 않았더라면 정여립의 검은 어깨를 스치듯 지나갔을 터였다.

한데 뜻밖의 상황이 벌어지면서 정여립의 공격이 본의 아니게 살초가 되고 만 것이다.

워낙 찰나지간에 벌어진 일이었기에 정여립은 검을 거두기도 힘들었다. 만약 검을 무리해서 거둔다면 유설은 안전하겠지만, 정작 정여립 자신은 깊은 내상을 입을 수도 있었다.

유설이 눈을 질끈 감는 순간,

쉬이이익!

갑자기 질풍처럼 달려온 진양이 유설을 안아서 감싸더니 손가락을 튕겨 정여립의 검을 쳐냈다.

땅!

"크윽!"

정여립은 팔을 타고 전해지는 저릿저릿한 감각에 신음을 삼키며 비틀 물러났다. 동시에 진양은 유설을 안은 채 부드럽게 바닥으로 내려섰다.

일순 도장옥과 유인표는 입을 딱 벌린 채 멍한 표정이 되고 말았다. 처음에는 유설이 다칠까 봐 놀랐는데, 지금은 진양의 무공 실력에 놀란 것이다.

진양이 유설을 보며 물었다.

"다친 곳은 없습니까?"

"아, 네. 고, 고마워요."

유설은 얼굴이 발갛게 달아올라 겨우 대답했다.

그제야 진양도 유설을 안고 있다는 사실에 얼른 몸을 물렸다.

뒤늦게 유인표와 도장옥, 정여립이 황급히 달려왔다.

"설아! 다친 데는 없느냐?"

"아가씨! 괜찮으십니까?"

세 사람은 유설이 멀쩡하다는 것을 확인하고는 가까스로 안도의 숨을 내쉴 수 있었다.

정여립은 자신의 공격으로 이런 일까지 발생하자 낯이 뜨거웠다. 그러면서도 자신의 검을 손가락으로 튕겨낸 진양이 내심 마음에 들지 않았다.

그가 진양에게 다가와서 말했다.

"아가씨를 구해줘서 고맙소. 하지만 다음부터는 함부로 대련에 끼어들지 말아주시오. 자칫하다간 더 큰 사고가 날 뻔하지 않았소."

"만약 나서지 않았더라면 유 낭자가 다쳤을 겁니다."

진양이 솔직히 자신의 생각을 말하자 정여립이 코웃음을 쳤다.

"흥! 지금 나를 무시하는 거요? 그 정도면 얼마든지 검을 거둘 수 있었소. 비록 내가 내상을 입는다고 해도 검을 거두고 아가씨를 지켰을 것이오!"

그때 유인표가 나서서 말렸다.

"됐네. 그만하게. 그래도 양 소협이 나서서 설아가 무사하지 않았나?"

"죄송합니다, 국주님."

정여립은 머리 숙여 사죄하더니 진양을 힐끔 보고는 그대로 걸어가 버렸다. 진양은 그런 정여립의 뒷모습을 보면서 내심 불만을 삼켰다.

'도대체 저자는 나한테 왜 이러는 거야? 내가 뭘 어쨌다고.'

그때 유인표가 진양에게 말했다.

"양 소협, 자네의 무공에 정말 감탄했네. 사실 오늘 자네를 찾고 있었는데, 이 자리에서 바로 말하겠네."

"뭘 말씀인지요?"

"우리 표국을 도와주지 않겠나? 자네가 우리 표국을 위해 일해준다면 큰 힘이 될 걸세. 물론 보수도 넉넉하게 주겠네."

뜻밖의 제안에 진양은 곧바로 대답을 하지 못했다.

도장옥이 얼른 맞장구를 쳤다.

"정말 좋은 생각이십니다, 국주님. 양 소협, 마땅히 갈 곳이 정해져 있지 않다면 우리와 함께 지냅시다."

진양은 잠시 생각에 잠겼다.

사실 마땅히 갈 곳이 있는 것은 아니었다. 화산파를 찾아가서 무공 비급을 전해줄까도 생각했지만, 그것 역시 서두를 필요는 없었다. 그저 기분 내킬 때 찾아가면 되는 것이 아니겠나? 아니면 천하는 넓고도 좁으니 언젠간 화산파의 제자들을 만날 수 있을 날이 올지도 몰랐다.

'이 사람들은 나를 구해주었다. 비록 내가 먼저 이들을 위해 나섰다곤 하지만, 정작 나는 이들에게 더 큰 은혜를 입었다. 그런데 지금 이들이 내 힘을 필요로 하니 마땅히 도와줘야 옳은 일이 아니겠나?

하지만 진양에게는 꿈이 있었다.

언젠가는 큰 학관을 차려 많은 사람들에게 서예를 가르치는 것이었다. 만약 이곳에서 부지런히 일을 하며 돕는다면, 세상을 살아가는 법을 배울 수도 있고 자금을 모을 수도 있을 터였다.

하지만 장래의 꿈을 생각한다면 언제까지나 머무를 수만은 없었다.

진양이 고민하는 눈치를 보이자 유인표가 얼른 말을 꺼냈다.

"혹시 부담이 되거든 우리 표국에서 일 년 동안만 함께 지내는 것은 어떻겠나? 그 후에는 자네의 결정에 맡기도록 하겠네."

진양은 '일 년' 이라는 말을 듣자 문득 잊고 있었던 생각이 떠올랐다.

바로 매지향에 대한 것이었다.

매지향은 일 년 뒤에 자신을 다시 찾아오겠노라고 맹세했다. 그 말은 곧 일 년 뒤에는 자신이 무사할지 어떨지도 알 수 없는 노릇이 아닌가.

이런 생각을 하자 오히려 머릿속이 깔끔하게 정리됐다.

'먼 훗날의 꿈은 일 년 뒤에 생각해도 늦지 않을 것이다. 지금은 날 구해준 은인들만을 생각하자. 어르신께서도 은혜를 입으면 배로 갚으라고 하셨다. 그것이 진정한 협의라고 하셨지. 그래, 앞으로 일 년 동안은 오로지 금룡표국을 위해서

힘쓰는 것도 나쁘지 않겠구나.'

생각이 여기에 미치자 진양은 부드럽게 웃으며 고개를 끄덕였다.

"알겠습니다. 제 미약한 힘이나마 보탬이 될 수 있다면 최선을 다해 표국의 일을 돕겠습니다."

"하하, 잘 생각했네! 정말 고맙네!"

유인표가 활짝 웃으며 말했다. 진양이 멋쩍게 웃으며 답례했다.

"아닙니다. 오히려 제가 감사할 일이지요."

한편 이들의 대화를 먼발치에서 듣던 정여립은 콧방귀를 뀌고는 어디론가 걸어가 버렸다.

그날 밤 진양은 침상에 누워서 이런저런 생각에 잠겼다. 그 중에서도 그의 머릿속을 가장 많이 차지한 것은 유설에 대한 생각이었다.

'곽연을 대신해서 써주던 서신의 상대가 정말 유 낭자일까? 만약 그렇다면 어떻게 해야 할까? 사실대로 이야기를 해야 할까?'

사실 벌써부터 진양은 그 상대가 바로 곽연일 거라고 지레 짐작하고 있었다.

왠지 모를 직감이랄까.

유인표에게 들은 바에 의하면 유설은 여전히 그 서신을 주고받던 사람을 잊지 못한다고 했다. 한데 따지고 보면 그 서신을 주고받던 사람은 바로 자신이 아닌가.

이리되니 진양은 왠지 유설에게 몹쓸 짓을 한 공범자가 된 기분이기도 했고, 또 한편으로는 오랫동안 연모하던 여인을 이제야 만난 것 같아서 가슴이 뛰기도 했다.

진양은 연못가에서 선녀처럼 검을 부리던 유설을 떠올렸다. 그러다 보니 그녀가 펼친 월야검법에까지 생각이 미쳤다.

'그러고 보니 월야검법은 정말 훌륭했지. 어딘지 모르게 조금 아쉽긴 했지만.'

어디가 아쉬웠던 것일까?

특히 유설이 사용하는 월야검법은 매우 화려하고 유려해 보였다. 그런데도 왠지 부족했던 느낌은 뭘까?

'마치 초식 이름과 몸동작이 겉도는 느낌이랄까?'

여기까지 생각이 미친 진양은 문득 한 가지 방법이 떠올랐다. 일전에 임패각과 동굴에서 지내면서 글씨로 십절류의 초식을 깨우쳤던 것이 생각난 것이다.

'그렇다면…….'

진양은 자리를 떨치고 일어나서 오랜만에 문방사우를 챙겼다.

그는 탁자에 앉아서 벼루에 먹을 간 다음 종이에 글을 적어

보았다.

바로 월야검법의 초식이었다.

여느 때와 마찬가지로 처음에는 해서체로 각 초식명을 적었다. 물론 월야검법의 모든 초식명을 아는 것이 아니므로 오늘 들었던 초식명만 적을 수밖에 없었다.

처음 적은 것은 바로 '야아관월' 초식이었다.

한데 이상하게 이번만큼은 한자를 반복해서 적어보아도 그 초식의 심오한 뜻을 깨우치기가 쉽지 않았다.

'이 초식은 어디에 무게를 두는 것일까? 야아라면 밤 나방을 뜻하는 것인데… 밤 나방이 달을 뚫는다…….'

첫 초식부터 막히자 좀처럼 진도는 나아가지 않았다.

그런데 마침 나방 한 마리가 등불을 보고 책상 위로 날아왔다. 나방은 날아오를 듯 떨어질 듯 위태롭게 움직이며 등에 달라붙었다. 등에 달라붙어서도 다시 떨어졌다가 붙기를 반복했다.

마침 나방에 관한 초식을 쓰던 중인지라 진양은 그 나방을 유심히 살펴보았다. 그러던 중 문득 진양은 깨달아지는 것이 있었다.

'아! 왜 그 생각을 하지 못했을까? 필체를 굳이 아름답게만 쓰려고 하지 말고 그 대상의 특성을 살려서 쓰면 어떨까?

여기에 생각이 미친 진양은 다시 '야아관월'을 적었다. 처음에는 해서체로 적었고, 그다음에는 행서체로 적었다. 그다음에는 초서체로 적었고, 나중에는 광초체로 적었다.

서체가 광초에 이르러서는 마치 종이에서 당장에라도 먹물이 튈 듯이 보였다. 필획은 중심을 지키지 못하는 듯 비뚤거렸고, 선은 이어질 듯 끊어질 듯 제멋대로였다.

한데 이는 바로 나방의 불규칙해 보이는 날갯짓과 몹시 닮아 있었다.

진양은 거기서 멈추지 않고 더욱 빨리 글씨를 써나갔다. 어느새 진양의 팔은 마치 나방의 날개처럼 춤을 추듯 움직이고 있었다. 나중에 이르러서는 종이 위에 적힌 글자가 무엇인지 제대로 알아보기도 힘들 정도였다. 그만큼 흘림이 심했던 것이다.

하나 그 글자의 참된 의미를 알고 있는 진양으로서는 쓰면 쓸수록 초식의 묘미를 깨우쳐 가고 있었다.

마침내 야아관월 초식의 뜻을 완전히 깨우친 진양은 다음으로 '일장춘몽' 초식을 적었다.

한데 이것은 추상적인 단어인만큼 글자를 형태로 표현하기에는 애매한 부분이 있었다.

그래서 진양은 이번에는 다른 때와 같이 글자를 분석해 보았다. 해서체로 글씨를 적은 진양은 곧바로 의미를 깨우쳤다.

'그렇구나! 이 초식은 장(場) 자와 춘(春) 자에 무게가 실려 있구나. 장(場) 자는 토(土) 자와 양(昜) 자가 합쳐진 것이다. 즉, 흙에 빛이 스며드는 것이고, 춘(春) 자는 본디 초(艸) 자와 일(日) 자가 합쳐진 것이었다. 그러니 빛이 스며들어 풀잎이 자라는 것이다. 이는 양의 기운을 이용해서 음의 기운을 와해시키는 것이니, 초식을 사용할 때 체내에서 일어나는 음의 기운을 억누르는 것이 가장 중요한 요지라고 할 수 있겠구나.'

낮에 정여립은 이 일장춘몽 초식을 이용해서 유설의 야아관월의 공세를 순식간에 와해시켜 버렸다. 진양은 그 당시에는 이해할 수 없었지만 이렇게 글을 적다 보니 그 원리를 확실히 깨달을 수 있었다.

일장춘몽 초식은 음의 기운을 와해시키는 양의 무공이라고 할 수 있었다.

한데 월야검법은 음의 기운이 강하니 일장춘몽으로 방어하기에는 아주 적합했던 것이다.

어떻게 보면 월야검법에 가장 어울리지 않는 초식이라고도 할 수 있었다. 어쩌면 창안자는 하룻밤 사이에 음의 기운이 강한 월야검법을 창안하면서 모든 생각이 음의 공격에만 치우쳐 있었던 것일지도 몰랐다.

어쨌거나 일장춘몽은 그 자체만으로도 훌륭한 방어 초식이라는 사실만은 변함이 없었다.

진양은 이제 그다음 초식인 '월량낙산'을 적었다. 이는 달이 지는 것을 본떠서 만든 초식명이었다. 이미 필체의 변화에 따라 그 무공의 요체를 달리 파악할 수 있는 경지에 이른 진양은 막힘없이 글씨를 적어갔다.

이윽고 광초로 적을 때는 다양한 필체의 변화를 시도해 보았다. 한 번은 꽉 찬 보름달이 지는 모습을 생각했고, 또 한 번은 비수와 같은 초승달이 지는 모습을 생각했다. 필체는 그 때마다 다른 모습으로 변했고, 진양도 그때마다 얻는 깨달음이 달랐다.

나중에 '군조비상' 초식을 적을 때는 마치 수십 마리의 야조가 밤하늘을 날아오르는 것과 같은 모습이었다. 얼핏 보면 이것이 글씨인지 그림인지 알 수가 없을 지경이었다.

하지만 누가 알랴.

광초로 쓰인 이 네 글자에는 초식의 심오한 뜻이 오롯이 일축되어 있다는 사실을.

이렇게 진양은 그날 보고 들었던 모든 초식을 적었다. 그 후에 진양은 굵은 붓 자루를 하나 쥐고 일어나서는 실제로 각 초식을 몸소 펼쳐 보았다.

그가 붓을 내찌를 때마다 매서운 칼바람이 일어나고, 초식에 따라 보법을 밟을 때는 마치 밤공기에 미끄러지듯 유연했다.

만약 이 모습을 유인표나 유설이 보았더라면 벌어진 입을 다물지 못했으리라.

특히 유설은 지난 세월 동안 매일같이 수련하고도 월야검법의 그 요체를 파악하지 못했는데, 진양은 단 하룻밤 사이에 핵심을 꿰뚫은 것이다.

이는 진양이 서예에 특출한 재능을 가지고 있기 때문이요, 자양진경을 익힌 덕분이기도 했다.

그렇게 모든 초식을 허초와 실초, 변초까지 섞어가며 펼쳐본 진양은 겨우 호흡을 고르고는 붓 자루를 내려놓았다.

'됐다. 언젠간 이 깨달음을 유 낭자에게도 가르쳐 주어야겠다.'

하지만 너무 서두르게 되면 괜한 오해를 살 수도 있었다. 때문에 진양은 마음을 느긋하게 먹었다.

금룡표국에서의 생활은 큰 어려움이 없었다.

무공이 뛰어난 진양은 표사들의 훈련을 도와주는 등, 비교적 가벼운 임무를 맡아 진행했다. 하지만 마음만큼은 누구보다도 책임감을 가지고 표국의 일에 임했다.

그러던 어느 날 유인표는 도장옥과 정여립을 데리고 진양을 찾아왔다. 그는 다짜고짜 진양을 데리고 표국을 나섰다. 진양이 말을 타고 가면서 어딜 가는 것인지 물어보았지만 유인표는 그저 소개시켜 줄 사람이 있다며 빙긋이 웃기만 했다.

네 사람이 도착한 곳은 제법 너른 저택이었다. 그들이 내당으로 들어서자 마침 걸어나오던 사내가 크게 기뻐하며 맞이했다.

"하하! 어서들 오시게! 기다리고 있는 참이었네!"

진양이 가만 보니 낯빛이 불그스름하고 웃음소리가 호탕하면서 목소리가 쩌렁쩌렁 울리는 것이 가히 범상치 않은 인물이었다. 얼굴만 본다면 오십대 중, 후반의 나이로 보였으나 체구가 탄탄하고 목소리가 우렁차서 그보다 젊은 듯 느껴졌다.

유인표가 만면에 미소를 머금으며 인사를 건넸다.

"그동안 안녕하셨습니까, 대장군?"

"하하! 덕분에 잘 지내고 있었지. 음? 그런데 오늘은 새로운 얼굴이 보이는군."

진양을 두고 이르는 말이었다.

유인표가 얼른 진양을 가리켜 소개했다.

"이번에 저희 표국에서 함께 일하기로 한 양 형제입니다."

"호오! 유 아우의 안목에 들었으니 틀림없이 훌륭한 인재이겠군."

유인표가 그저 웃어 보이고는 진양에게 고개를 돌렸다.

"인사 올리시게. 이분은 양국공(凉國公) 남옥(藍玉) 대장군이시네."

그의 말을 들은 진양은 깜짝 놀랐다.

남옥이 누군가.

태조 주원장을 도와 명나라를 건국하는 데 혁혁한 공을 세운 개국공신이 아니던가? 특히 명장 상우춘(常遇春)의 처남이었기에 더욱 유명한 그였다. 진양이 아무리 오랜 시간 천상련에 갇혀 지냈다지만, 남옥의 이름은 한 번쯤 들어보았다.

진양은 얼른 무릎을 꿇으며 예를 갖췄다.

"불초 양 아무개가 남옥 대장군님을 뵙습니다!"

"하하하! 거추장스러운 예는 집어치우시게나!"

남옥은 성품이 호방하고 자유분방한 자였다. 게다가 늘 자신감에 차 있었기에 목소리가 크고 우렁찼으며, 자못 거칠다는 표현이 어울릴 정도로 기개가 남달랐다.

하지만 그런 만큼 난폭한 면도 없지 않아서 종종 다른 사람을 불편하게 만드는 경우도 있었다.

그러나 그는 무림 영웅들을 매우 좋아했기에 자못 범상치 않은 기운을 풍기는 양진양이 꽤나 마음에 드는 눈치였다.

그가 유인표를 돌아보며 말했다.

"사실 지금 이곳에 황태손 저하께서 와 계신다네. 벌써 돌아가시려고 했지만 내가 자네들을 만난다는 말을 듣고 저하께서도 뵙고 싶어하시네."

그 말에 유인표도 깜짝 놀랐다.

"저하께서요?"

"그렇다네. 금룡표국이라면 명실상부한 대명제국 제일의 표국이 아니겠는가? 그러니 저하께서도 자네들을 한번 만나고 싶었던 모양일세."

옆에서 듣고 있던 진양은 순식간에 다른 세계에 발을 들여놓은 기분이었다. 그저 유인표를 따라 아무 생각 없이 왔는데 이곳에서 황태손을 보게 될 줄이야 누가 알았겠나.

당시 명나라는 주원장의 아들 주표(朱標)가 병사해서 태손인 주윤문(朱允炆)이 황제 자리를 이을 예정이었다.

그러니 진양은 물론 유인표 일행은 저마다 가슴이 벅차올랐다.

이 시절의 남옥은 태자태부(太子太傅)를 지내고 있었기에 그의 집에 황태손이 있다고 해서 이상할 것은 없었다.

남옥은 네 사람을 이끌고 내당의 대청으로 들어갔다. 마침 탁자에 앉아 느긋하게 차를 마시고 있던 소년이 남옥과 네 사람을 돌아보았다.

순간 진양은 그가 바로 황태손임을 알아보았다. 해맑은 얼굴과 총기 서린 눈동자가 인상적이었는데, 몸에 걸친 옷은 능라주단(綾羅綢緞)으로 지은 것인지 번쩍번쩍 빛이 났다.

어찌 보면 언뜻 과격해 보이는 남옥과는 사뭇 대조적인 모습이었다.

남옥이 그의 앞으로 다가가 허리를 숙이며 아뢰었다.

"저하, 금룡표국에서 온 자들입니다."

그의 말이 떨어지자마자 유인표를 비롯한 네 사람은 즉시 무릎을 꿇으며 삼천세를 외쳤다.

"황태손 저하를 뵙습니다! 천세, 천세, 천천세!"

그러자 주윤문이 그들을 일으켜 세우며 말했다.

"번거로운 예는 접어두시오. 오늘 이렇게 만나서 모두 반갑소."

"황공하옵니다, 저하."

유인표는 시종 몸 둘 바를 몰라 고개를 조아렸다. 반면 진양은 자신보다 한두 살 어려 보이는 이 황태손이 그저 신기하기만 했다.

그렇다고 마냥 들뜬 마음만은 아니었다. 진양의 아버지는 호유용 사건에 연루되어 억울하게 죽었다. 때문에 현 황제의 직계손인 주윤문이 마음에 들지만은 않았던 것이다.

때문에 적당히 예를 차리며 어울렸다.

황태손 주윤문은 바깥세상이 어찌 돌아가는지 관심을 많이 가지고 있었다. 그래서 유인표에게 이것저것 물어가며 열심히 이야기꽃을 피웠다.

반면 그는 양진양이 자신을 별로 어렵게 대하지 않자 오히려 호감을 가지게 됐다. 모두들 자신에게 허리를 숙이고 머리를 조아리는데 진양만큼은 조금 달랐던 것이다.

한동안 이야기를 나눈 주윤문은 이윽고 자리에서 일어났다.

"오늘 그대들을 만나 안목을 크게 넓혔소. 다음에 다시 보면 또 많은 이야기를 나눕시다. 만나서 반가웠소."

유인표 일행은 그저 머리를 조아리며 몸 둘 바를 모를 뿐이었다.

남옥을 비롯한 유인표 일행은 대문 밖까지 나와서 그를 배웅했다. 주윤문이 호위를 대동한 채 궁으로 돌아가자 이들은 다시 내당 대청으로 돌아왔다. 그런 후 남옥은 하인을 시켜 술상을 크게 차리도록 지시했다. 곧 갖가지 음식들로 장만한 술상이 차려졌고, 유인표 일행은 융숭한 접대를 받으며 대화를 나누었다.

남옥은 이야기가 무르익어 가고 점점 술기운이 오르기 시작하자 갑자기 길게 한숨을 내쉬었다.

유인표가 의아한 표정으로 물었다.

"대장군께서는 어찌 이리 한숨을 쉬십니까?"

"아무것도 아닐세."

남옥이 손을 휘저었지만 표정만큼은 여전히 어두웠다. 유인표가 다시 말을 걸었다.

"그러지 말고 말씀해 보시지요. 소제가 불초해서 근심을 해결해 드리진 못할지라도 이야기 상대는 되어드릴 수 있지 않겠습니까?"

그러자 남옥이 속에 담아두었던 이야기를 하나둘 꺼내기 시작했다.

"내 일전에 북평(北平:지금의 북경)에서 연왕(燕王)을 만나보았네. 한데 그의 행동거지가 황제와 다름없더군. 나중에 황권에 큰 위협이 될까 염려된다네."

뜻밖의 이야기가 나오자 유인표는 내심 놀라고 말았다. 사실 이런 이야기를 꺼내는 것은 매우 위험한 일이었다.

오래전 호유용 사건이 발생한 뒤 황제는 무고한 사람까지 연루해서 모두 죽였다. 이미 죽은 자가 일만 오천여 명에 달했다. 그러다 보니 아무래도 시기가 시기인만큼 민감한 이야기는 꺼내지 않는 것이 좋았다.

유인표가 애써 좋은 말로 달랬다.

"기우라고 생각하십시오."

하지만 남옥은 고개를 설레설레 저었다.

"그럼 좋겠네만… 풍수를 볼 줄 아는 사람의 말로는 연(燕)땅에 천자의 기가 서려 있다고 하더군. 이러니 내 어찌 안심할 수 있겠나? 일전에 태자 전하께도 말씀드린 적이 있네만, 오히려 황제 폐하께서는 나를 의심하더군. 젠장!"

"대장군, 혹 숨어 듣는 귀가 있을까 봐 두렵습니다."

이윽고 유인표가 자중을 요구하고 나서자, 남옥도 술잔을 비우며 분을 가라앉혔다.

그 역시 민감한 시기라는 것을 의식했는지 금방 화제를 돌렸다.

"표국이 습격을 당했다고 들었네."

"예, 혈사채의 습격이었는데……."

"흥! 그 도적놈들이 하늘 무서운 줄 모르고 설치는가 보군!"

남옥은 좀 전의 울분이 혈사채로 옮겨졌는지 짐짓 거친 목소리로 소리쳤다.

유인표가 말을 이었다.

"해서 보름 후에 혈사채를 찾아가 볼까 생각 중입니다. 그 배후에 조직이 있는 듯한데, 아직은 전혀 가닥이 잡히지 않는군요."

"그렇군. 그럼 나도 자네를 돕도록 하지."

"대장군께서 도와주신다면 큰 힘이 될 것입니다."

"하하하! 아우가 곤란한 일을 당했는데 내 어찌 모른 척할 수 있단 말인가?"

사실 유인표가 오늘 남옥을 찾아온 것도 이 때문이었다. 우선 금룡표국이 습격당한 것은 가볍게 볼 일이 아니었다. 더구나 그들은 유설을 비롯한 표두와 표사를 모두 죽이려고 했다.

이는 금룡표국의 근간을 흔들어 버리겠다는 뜻이 아니고서야 힘든 일이었다.

금룡표국은 강호 무림에서도 제법 영향력을 행사하는데다, 남옥과 같은 고위 관료들과도 친분이 두터운 곳이었다.

때문에 어지간한 배포로는 금룡표국을 건드릴 수 없었다. 그럼에도 이 같은 일을 저질렀다는 것은 필시 배후에 큰 음모가 도사리고 있음이리라.

그렇다고 혈사채를 치기 위해서 표국에 소속된 무인들을 대거 보낼 수도 없었다. 그렇게 되면 금룡표국이 맡고 있는 많은 일에 차질이 생기는 것은 불가피하기 때문이다.

한데 남옥이 도와준다면 이 모든 것이 해결된다.

아무리 간 큰 도적이라도 대장군의 명으로 찾아오는 사람들마저 내칠 수는 없을 것이기에. 만약 그랬다간 반란을 일으킨 것과 진배없는 행위리라.

그래서 유인표는 그동안 혈사채에 대해서 나름대로 사전조사를 하고, 남옥이 비교적 한가할 때를 살펴 그가 흔쾌히 도와줄 수 있을 시점에 찾아온 것이다.

남옥이 문득 소리쳤다.

"흑표(黑表), 이리 나와보아라!"

그러자 한쪽 모퉁이 그늘에서 흑의를 걸친 사내가 스윽 모습을 드러냈다. 그 순간 진양을 비롯한 표국 사람들은 깜짝 놀란 표정을 지었다.

분명히 인기척이 전혀 느껴지지 않았는데 마치 귀신처럼 모습을 드러낸 것이다.

남옥이 사내를 향해 말했다.

"너는 내일부로 금룡표국의 일을 돕도록 해라. 일이 마무리되거든 돌아오라."

"알겠습니다."

흑표라 불린 사내가 고개를 숙이며 대답하고는 물러가려고 했다. 그러자 남옥이 다시 그를 불렀다.

"어딜 가느냐? 이제 금룡표국을 도울 것이니 인사라도 나누어라. 유 아우, 이자는 내가 거둔 아이인데 무공이 제법이라네. 지금은 내 호위를 맡고 있네만, 언제 내가 호위를 붙이고 다니던가? 하하하!"

유인표는 빙그레 웃으며 흑표를 살펴보았다. 대략 삼십대 초반의 나이로 보였는데, 몸에서 풍기는 기운이 범상치가 않았다.

"과연 보기만 해도 강한 기운을 느낄 수가 있습니다."

"하하! 그런가? 하지만 유 아우에게는 안 되겠지."

"그럴 리가요. 저는 이제 기가 쇠해서 물러날 때가 됐지요."

"음? 날 앞에 두고 못하는 소리가 없군!"

"하하하! 사실인 걸 어쩝니까? 대장군님이야 아직 기운이 넘치시지요. 하지만 보잘것없는 저보다는 아마 양 형제가 한 수 위일 겁니다."

그 말에 남옥이 진양을 다시 돌아보았다.

물론 그 역시 처음 진양을 보았을 때 어느 정도 호감을 가지긴 했다.

하지만 아직은 나이가 어려 보여서 크게 눈여겨 두지는 않았다.

한데 지금 유인표가 이토록 진양을 추켜세워 주니 문득 호기심이 일어났다.

"흐음, 그렇다면 이 기회에 양씨 아우의 무공을 한번 견식해 보는 건 어떤가? 양씨 아우가 괜찮다면 여기 흑표와 함께 대련을 청해보고 싶네만."

느닷없는 제의에 유인표는 물론 진양도 깜짝 놀라서 고개를 돌렸다.

진양이 다시 흑표를 돌아보니 그는 아무래도 좋다는 듯 묵묵히 서 있을 뿐이었다. 그 모습을 보고 있자니 괜히 오기가 솟았다.

'저 사람은 날 별로 두려워하지 않는데 내가 지레 겁먹을 이유는 없겠지. 한번 해보는 것도 나쁘진 않을 거야.'

모두의 시선이 자신에게 향한 것을 보고 진양은 자리에서 일어났다.

"그럼 불초 양 아무개, 흑 형님께 한 수 가르침을 받아보겠습니다."

그러자 남옥이 손뼉을 치며 좋아했고, 유인표도 손으로 수염을 쓸며 흐뭇한 웃음을 지었다. 도장옥과 정여립 역시 흥미로운 시선으로 바라보았다.

진양이 내당으로 가서 서자 흑표도 마주 선 채 포권을 취했다. 진양이 소지하고 있는 무기가 없었기에 흑표 역시 아무런 무기도 들지 않았다.

진양은 천천히 지둔도법의 기수식을 취했다. 물론 도가 없는 만큼 수도(手刀)를 이용한 자세였다. 한데 흑표는 기수식을 취하고 나서도 전혀 공격할 생각이 없는 듯했다.

'무림 선배로서 내게 선공을 양보할 생각인가 보구나. 좋다, 그럼 먼저 가보지.'

진양은 천천히 보법을 옮기면서 흑표에게 다가갔다. 겉으로 보기에는 매우 느릿느릿한 움직임이었지만, 실상 이 순간 그의 걸음 일보 일보가 얼마나 중요한지 알 만한 사람은 알 수 있었다.

진양은 지금 상대의 모든 방위를 차단하며 천천히 궁지에 몰아넣는 중이었다.

그러던 어느 순간, 진양이 성큼성큼 두어 걸음을 크게 내딛더니 수도를 횡으로 후려쳤다. 보통 도검술의 보법이 잰걸음을 많이 사용하는 데 반해 지둔도법은 보폭이 큰 경우가 많았다.

이럴 경우 동작이 커진 만큼 빈틈도 많이 보이게 마련이지만, 이미 상대의 방위를 철저히 차단한 진양으로서는 거리낄 것이 없었다.

쐐에엑!

진양의 수도가 도기를 뿜어내며 날카롭게 파고들었다. 그 순간 흑표가 손을 뻗으며 진양의 팔꿈치 안쪽을 노리고 내찔렀다.

순간 진양은 깜짝 놀라며 몸을 반대로 돌렸다.

진양은 도법을 펼치고 있었기에 은연중에 상대도 도법이나 검법을 펼칠 것이라 여긴 것이다.

한데 뜻밖에도 상대는 금나술법(擒拿術法)을 펼친 것이다.

어찌 보면 오히려 당연한 반응이었다. 적수공권으로 싸우니 당연히 맨손을 이용한 무공을 쓴 것이다. 다만 진양은 익힌 무공이 많지 않아 선택의 여지가 없었다.

어쨌거나 간신히 혈도를 짚일 위기를 모면한 진양은 뒤로 훌쩍 물러난 다음 마음을 가라앉혔다.

'그래, 내가 도법을 쓴다고 상대방도 그래야 할 이유는 없지. 장법이나 권법으로 나오는 것이 당연한 것이 아니겠나.

하지만 나는 지금까지 제대로 장법이나 권법을 배운 적이 없으니 초식 대결로 이어지면 내가 훨씬 불리해진다. 어쩌면 좋을까?

진양은 천천히 걸음을 옆으로 옮기면서 곰곰이 생각에 잠겼다. 맘 같아서는 도를 들고 싸우고 싶었지만, 갑자기 병기를 들자고 제의하는 것도 우스운 꼴이 아니겠나.

그 순간 흑표가 바닥을 박차고 달려들었다. 진양이 얼른 몸을 돌려 피하려는데, 어느새 허공으로 솟아오른 흑표가 발을 뻗어왔다.

주먹이 날아올 거라고 생각했던 진양은 깜짝 놀라며 물러섰다. 한데 흑표가 연이어 발을 내지르며 진양에게 바짝 붙어 따라왔다. 흑풍칠각(黑風七脚)이라는 초식이었는데, 발이 빠른 흑표는 각법이 특기이기도 했다.

피하기에는 늦었다고 판단한 진양이 양팔을 교차해서 발을 막아냈다.

파앙! 팡!

발과 팔뚝이 부딪칠 때마다 응축된 기가 폭발하듯 요란한 소리가 울렸다.

그 순간 두 사람은 서로에게 놀라고 있었다.

흑표는 진양의 내공이 몹시 두텁다는 사실에 깜짝 놀랐고, 진양은 생전 처음 받아보는 충격에 놀랐다.

하지만 놀란 심정도 잠시, 진양은 상대의 흑풍칠각이 끝나는 것과 동시에 주먹을 굽어 도는 바람처럼 내질렀다.

바로 풍양권법의 풍결권이었다.

그 순간 흑표 역시 상대의 주먹이 자신의 옆구리를 향해 쇄도하는 것을 보고 얼른 몸을 뒤채며 발을 휘둘렀다.

쉬이익! 파앙!

다시 흑표의 발과 진양의 주먹이 충돌하면서 마찰음이 일어났다.

진양은 두 눈을 부릅떴다.

풍결권이라는 권초는 물꼬가 터져 흐르듯이 주먹을 내찌르는 것이 중요하다. 그만큼 갑작스럽고 힘이 실려 있어야 한다.

하지만 또 하나의 특징이라면 상대의 방어를 뚫는다는 것이다. 고인 물이 틈을 비집고 어느 순간 쾌속하게 흐르듯이 상대의 방어 틈을 비집고 주먹을 뻗어낸다.

때문에 풍결권은 상대방의 입장에서는 막아내기보다 피하는 것이 쉽다.

그런데 흑표는 발을 휘둘러 풍결권을 차단한 것이다. 하니 엄밀히 말하자면 진양은 풍결권을 펼치지도 못한 것이나 다름없었다.

그러나 놀라고만 있을 수는 없는 법.

진양은 상대가 발을 휘두르면서 몸이 돌아서는 것을 보았다. 찰나의 순간에 지나지 않았지만 진양으로서는 일격을 내지를 수 있는 유일한 기회였다.

'지금이다!'

진양은 곧바로 질풍처럼 내달리며 주먹을 뻗었다.

그가 알고 있는 단 두 가지의 권초 중 남은 하나인 질풍권이었다.

슈우우욱!

진양의 주먹이 파공음을 일으키며 날아들었다.

그때쯤 흑표는 발을 휘두르며 무게중심이 한쪽으로 쏠려 있는 상태였다. 게다가 몸이 반쯤 돌아가 있었으니 어떻게 하더라도 진양의 권공을 막아낼 방법이 없었다.

결국 그는 방어하기를 포기하고 그대로 몸을 뒤채며 진양의 왼쪽 어깨를 향해 다리를 휘둘렀다.

한편 진양은 질풍권을 내뻗다가 자신의 왼쪽을 노리며 날아드는 발을 보고는 내심 깜짝 놀랐다. 이대로 주먹을 뻗어내면 틀림없이 질풍권이 먹혀들어 가겠지만, 자신 역시 흑표의 각법을 피할 수는 없을 터였다. 서로가 상잔하게 되니 어느 쪽도 이겼다고 할 수 없을 것이요, 모두가 자칫 내상을 입을 수도 있는 위기였다.

결국 진양은 주먹에 실은 내공을 절반 정도 거두고 자신의 왼쪽 어깨를 보호하는 데 힘을 썼다.

이러한 생각과 판단은 실제로는 거의 촌각도 되지 않을 정도로 순식간의 일이었다.

파팡!

두 사람의 각법과 권법이 각기 상대를 치며 다시 한 번 큰 소리가 울렸다.

하나 두 사람 모두 공격과 방어를 동시에 신경 써야 했으므로 소리만 요란할 뿐 실제로는 거의 힘이 실리지 않은 공격이나 다름없었다.

결국 흑표가 선택한 최선의 공격이 최상의 방어가 된 셈이었다.

두 사람이 서로의 힘에 밀려 뒤로 주룩 밀려가고 나자 지켜보던 사람들이 갈채를 터뜨렸다. 권각만으로 이렇게 손에 땀을 쥐게 하는 대련은 보기 드물었던 것이다.

진양이 양손을 맞잡으며 진심 어린 감탄을 터뜨렸다.

"흑 형님의 각법은 그야말로 무림일절이군요. 소제의 능력으로는 도저히 맞설 방법이 없습니다."

그러자 흑표 역시 포권을 취하며 답례했다.

"과찬입니다. 양 형의 권법에 오히려 제가 놀랐습니다. 과연 강호의 젊은 영웅이라 하겠습니다."

진양은 상대가 이렇듯 예까지 차리니 내심 상대방에게 호감이 생겨났다.

한데 두 사람의 대련이 이렇게 대충 마무리되는 분위기로 흐르자 남옥은 영 아쉬운 마음이 들었다. 그는 본래 뛰어난 무장 출신으로 누구보다도 이런 무예 대련에 흥미가 깊었던 것이다.

그가 일어나며 소리쳤다.

"하하하! 역시 유 아우가 칭찬한 영웅이라 과연 대단하군! 한데 이제 막 흥이 붙으려는데 여기서 그만두면 아쉬운 일 아니겠는가? 두 사람은 내 안목을 넓혀줄 겸 조금 더 대련을 보여주지 않겠는가?"

그의 말에 흑표는 말없이 고개를 끄덕여 보였다.

반면 진양으로서는 다소 난감한 일이었다. 여기서 자신이 정중하게 물러난다면 후배로서 도리를 다하고 보기에도 남부끄럽지 않은 일이다.

하지만 이 이상 대련이 지속된다면 결국 무공을 제대로 익힌 적이 없는 진양으로서는 흑표의 상대가 안 될 것이 뻔한 노릇이다.

물론 내공 대결로 이끌어간다면 자신에게 유리한 면이 있겠지만, 즐기자고 벌인 판을 죽자고 진지하게 임했다간 흑표가 큰 내상을 입을 수도 있었다.

진양은 이대로 대련을 이어가다가 각법에 밀려 망신을 당하기도 싫었고, 내공 싸움으로 이끌어 흑표에게 부상을 입히기도 싫었다. 그렇다고 대장군인 남옥의 부탁을 거절하는 것도 예의가 아닌 듯했다.

한데 지켜보던 유인표가 이런 진양의 마음을 어느 정도 눈치챘다.

그가 가만 보니 진양이 처음에는 도법을 사용하는 듯했고, 지금은 겨우 두 가지의 권초만을 펼쳤을 뿐이다. 한데 이 두 가지의 권초도 무척 단순한 것이어서 무공 입문자들이나 익히는 것처럼 보였다.

처음에는 진양이 상대를 배려해서 단순한 권초만을 쓰는 것이라 여겼는데, 지금 문득 유설의 이야기가 떠오른 것이다. 딸의 말에 의하면 진양은 붓을 들고도 도법을 쓰는 듯했다는 것이다.

'혹시 양 형제가 맨손으로 싸우는 무공을 익히지 못한 것은 아닐까?'

여기까지 생각이 미친 유인표는 얼른 일어나서 남옥에게 말을 건넸다.

"하하하! 대장군께서 흡족해하시니 정말 뿌듯한 마음입니다. 하지만 이렇게 대련을 이어간다면 두 사람의 뛰어난 무공을 더 보기 힘들지 않겠습니까? 좀 더 흥을 돋우기 위해서 병기를 사용한 대련은 어떻겠습니까?"

그러자 남옥이 반색하며 대꾸했다.

"오호! 그것 좋은 생각일세! 전장에서 맨손으로 싸울 자가 얼마나 되겠는가? 역시 내 안목을 넓히려면 그쪽이 훨씬 즐겁겠구먼! 하하하하!"

남옥은 원래 거칠고 과격한 것을 좋아하는 성격이었기에 유인표의 제의가 아주 흡족했다. 그는 곧 시종을 불러 병기를 가지고 오도록 지시했다.

잠시 후 시종들이 마당으로 도, 검, 창, 극 등 다양한 병기를 가지고 왔다.

상황이 이렇게 흐르자 진양은 한편으로는 다행이라는 생각이 들었다. 만약 도를 들고 지둔도법을 사용한다면 대련이 훨씬 수월할 것이다.

게다가 사실은 마음 한구석에서 흑표와 마저 겨뤄보고 싶다는 생각도 있었다. 단순한 호승심 때문이 아니라 그와 겨루면서 진양 역시 안목이 트이는 것을 느낀 것이다.

흑표는 망설임없이 검 한 자루를 뽑아 들었다.

진양은 가장 정확히 배우고 익힌 무공이 지둔도법인만큼 도를 한 자루 들었다.

두 사람이 다시 마주 서서 기수식을 취했다.

이제 관람자들은 더욱 긴장하며 두 사람을 지켜보았다.

한데 진양이 가만 보니 흑표는 왼손으로 검을 들고 있는 것이 아닌가.

진양은 고개를 갸웃거리고는 생각했다.

'혹시 나를 봐주려고 일부러 왼손에 검을 든 것일까? 그게 아니라면 왼손잡이일까?'

한데 흑표의 표정이나 기수식을 보아서는 결코 자만하는 기색이 없었다. 오히려 좀 전보다도 더욱 날카로워진 기세였다.

그래서 진양은 단순히 흑표가 왼손잡이일지도 모르겠다는 생각만 했다.

하지만 진양이 좀 더 깊이있게 무공을 배웠더라면 흑표의 자세가 상당히 이상하다는 것을 알 수 있었을 터다. 현재 흑표는 왼손으로 검을 잡았을 뿐만 아니라 검을 비스듬히 기울여서 들고 있었다. 이는 실제 중원 무림의 검리로 보자면 상당히 기이하고 독특한 것이었다.

하나 진양은 경험이 부족하고 중원무림의 검리가 어떤 것인지 제대로 알지 못했다. 때문에 별 생각 없이 아까와 비슷한 방법으로 걸음을 옮겨갔다.

진양의 보법에는 전혀 서두르는 기색이 없었다. 느릿느릿하면서도 한보 한보가 매우 신중했다. 그러면서도 상대의 방위를 철저하게 차단해 나갔다.

반면 흑표는 보법이 빠르게 변하는 축에 속했다. 두 사람의 보법이 이렇듯 상반되니 관람자들도 흥미로운 시선으로 지켜 보았다.

이윽고 진양이 두어 번 성큼성큼 걸음을 내딛더니 도를 수직으로 내려쳤다. 그의 움직임은 무거우면서도 힘이 실려 있었다.

순간 흑표가 몸을 비스듬히 기울이는가 싶더니 앞으로 쏜 살같이 파고들었다.

"앗!"

남옥을 제외한 관람자들이 저마다 비명을 터뜨렸다. 보통 도를 수직으로 내려치면 물러나면서 막거나 몸을 움직여 회피하는 것이 보통이다.

한데 흑표는 오히려 도날을 향해 몸을 던진 것이나 다름없었다. 이는 마치 죽기 위한 몸부림처럼 보일 지경이었다.

그러나 흑표는 눈 깜짝할 사이에 도 손잡이 부분까지 파고 들더니 검을 가로로 눕히며 치켜 올렸다. 그러자 도와 검이 부딪치며 듣기 싫은 마찰음을 길게 울렸다.

키이이잉!

도날을 따라 검이 솟구쳐 오르면서 불티가 휘날렸다. 이어서 흑표의 몸이 휘번덕 돌아가더니 진양의 목덜미를 향해 검날이 쏘아져 왔다.

그야말로 신출귀몰한 솜씨였다.

진양은 얼른 도를 번쩍 치켜들어 머리 뒤로 넘기며 그대로 자리에 주저앉았다. 이 엉뚱한 방식의 초식은 바로 지둔도법의 질비고준의 변초였다.

깡!

청명한 금속성이 울리면서 흑표가 튕겨 나갔다. 진양은 그 반동을 이용해서 성큼 뛰어올랐다.

흑표는 다시 몸을 돌개바람처럼 회전시키더니 눈 깜빡할 사이에 진양의 코앞까지 다다랐다. 그가 그대로 원심력을 이용해서 검을 가로로 베어 들어왔다.

진양은 피하기에는 늦었다고 판단하여 얼른 도를 세로로 내려쳤다. 역시 지둔도법의 철우격산이라는 초식이었다. 그런데 이번에는 흑표의 검이 번쩍 빛을 내뿜더니 거짓말처럼 물러나는 것이 아닌가?

가로 후리기는 허초였던 것이다.

흑표는 반대로 몸을 회전시키더니 검을 뒤집어 진양의 오른쪽을 베어 들어왔다. 그의 움직임이 마치 돌풍에 휘날리는 낙엽처럼 종잡을 수가 없었다.

진양은 깜짝 놀라서 공력을 발아래에서 격발시켰다. 동시에 '꽝!' 내려친 도의 반동을 이용해 허공으로 솟아올랐다. 철돈도약이었다.

아슬아슬하게 흑표의 검날이 진양의 발끝을 스치며 지나

갔다.

한편 허공으로 솟아오른 진양은 문득 뇌리를 스치는 생각이 있었다.

'지금껏 지둔도법을 사용했으니 상대도 그 움직임에 어느 정도 적응되었을 것이다. 한데 지금 내가 빠르고 유연한 검공을 사용한다면 또 다른 효과를 낼 수 있을지도 모르겠다.'

여기에 생각이 미친 진양은 허공에서 펼치기에 딱 좋은 검공을 떠올렸다. 행동은 생각과 동시에 이어졌다.

"하앗!"

그가 기합성을 터뜨리고는 도를 휘두르며 바닥으로 떨어졌다. 도광이 번뜩이며 이어지니 마치 밤하늘에 유성이 떨어지는 듯했다.

바로 십절류의 야공유성이었다.

이에 흑표는 몸을 옆으로 비스듬히 기울이며 진양의 도공을 피해냈다. 이어서 그가 번개처럼 검을 후려오니 진양도 방어하지 않을 수가 없었다. 진양이 얼른 검을 돌려세우며 몸을 눕혀 피하는 강발거목 초식을 구사했다.

도검이 부딪치면서 뒤로 눕던 진양이 옆으로 두어 걸음 옮겨갔다. 이어서 그는 곧바로 십절류의 선풍유검 초식을 전개했다.

이렇듯 사뭇 둔해 보이는 지둔도법과 유연하고 화려한 십절류의 무공이 서로 뒤섞이니 진양의 움직임은 그야말로 기기묘묘했다.

관람자들이 저마다 감탄해 마지않으며 갈채를 보냈다.

특히 남옥은 매우 흡족한 웃음을 지으며 유인표에게 칭찬을 했다.

“정말 자네의 사람 보는 안목은 알아줘야겠구먼! 어디서 저런 인재를 찾아냈단 말인가?”

“제가 찾아낸 것이 아니라 양 형제가 제 딸을 구해주면서 연이 닿은 것이지요.”

“하하하! 무공도 뛰어난데 의협심까지 갖추고 있으니, 그야말로 천하영웅이라 할 만하겠네!”

유인표는 빙그레 미소로 답했다.

그는 여전히 날렵하게 움직이는 흑표를 물끄러미 보다가 남옥에게 되물었다.

“저자의 검법이 실로 기이하군요. 일반적인 검리에는 맞지 않으나 날렵하고 강맹하니 제가 이 자리에서 안목을 크게 넓히게 됐습니다.”

“후후, 예전에 나는 해남에서 온 무인을 한 명 알고 지냈다네. 그때 저 아이를 그 무인에게 잠시 맡겼었지.”

“해남이라면… 혹시 저자의 존사가 해남파 무인이라는 말씀입니까?”

"하하, 역시 자네는 하나를 얘기하면 열을 아는군."

유인표는 그제야 이해가 되는 듯 고개를 천천히 끄덕였다.

해남파 무공의 특징은 번개처럼 빠르고 초식의 변화가 신묘막측하다는 것이다. 해남파의 대표적인 검법에는 반수검(反手劍)이라는 것이 있는데, 이는 왼손에 검을 쥐고 검법을 펼치는 것이었다. 게다가 해남파는 중원에서 통용되는 검리와 달리 검날을 비스듬히 기울여서 사용한다.

처음 흑표가 이런 자세를 취했을 때, 유인표는 사뭇 이상하다는 생각을 했다. 한데 해남파의 무공을 전수받았다고 하니 모든 의문이 풀리는 기분이었다.

그러면서도 한편으로는 걱정스런 마음이 들어 남옥을 향해 말했다.

"해남파의 검법이라면 그 검리를 깨우치기가 매우 어렵다고 들었습니다. 한데도 저 흑표라는 자는 검술의 경지가 대단한 듯합니다. 그런데 제가 알기로는 해남파는 검식을 한번 펼치게 되면 반드시 상대에게 상처를 입힌다고 들었는데, 자칫 흥을 돋우기 위한 대련이 정도를 넘어설까 염려되는군요."

"하하! 그건 걱정 말게. 흑표가 해남파의 무인을 사부로 모셨었지만, 저 아이 자체는 해남의 사람이 아닐세. 융통성이 없는 규율 정도야 저 아이의 의지에 따라 얼마든지 다스릴 수 있는 문제 아니겠나?"

"그도 그렇군요."

유인표는 부드럽게 대답하며 넘어갔다.

하지만 내심은 여전히 불안하기 짝이 없었다.

실제로 해남파의 무인들은 검식을 펼치게 되면 상대방에게 반드시 상처를 입히는 것이 특징이었다. 이는 대련에서도 마찬가지였다. 이렇듯 그들의 검술이 지나치게 패도적이고 음독한 면이 있어서 중원에서는 한때 이들을 사마외도로 치부하기도 했다.

하지만 이들은 나름대로의 정의를 가지고 의협을 행하기에 결국 무림에서도 차츰 인정하기 시작했다.

다만 이들이 사용하는 검술만큼은 여전히 매섭고 날카로웠다.

물론 흑표가 진양을 상처 입힐 생각은 없겠지만, 때론 지나치게 패도적인 무공을 사용하다 보면 본의 아니게 상대를 상처 입히기도 하는 법이다.

아마 해남파의 검식 역시 그러한 이유 때문에 상대를 반드시 상처 입힌다는 말이 생겨났을 것이다. 그러니 유인표로서는 진양을 믿으면서도 마음 한구석에서는 불안감을 지울 수가 없었다.

한편 진양과 흑표는 관람자들의 감탄 속에서 도검을 부딪쳐 가며 수십 합을 겨루고 있었다. 내공 면에서는 단연 진양이 우세했지만, 정식으로 사부를 모시고 배운 흑표는 결코 만만한 상대가 아니었다. 게다가 경험 면에서도 흑표가 훨씬 유리했다.

때문에 두 사람의 대련은 정말이지 숨 막힐 듯한 긴박감 속에서 진행됐다.

진양은 지둔도법과 십절류를 혼합하며 사용했고, 흑표는 줄곧 해남파의 반수검을 사용했다.

어찌 보면 진양이 반수검에 당황하지 않고 맞설 수 있는 이유가 남들보다 주류의 무공에 얽매이지 않기 때문일 수도 있었다. 때문에 진양은 그저 반수검이 조금 독특하다고 느꼈졌을 뿐, 유인표처럼 놀랍거나 이해할 수 없을 정도는 아니었다.

그러던 어느 순간이었다.

흑표가 잽싸게 검을 후리며 진양을 향해 쇄도해 들어왔다. 그의 주위로 기풍이 사납게 휘몰아치면서 도포가 사정없이 펄럭였다.

바로 폭풍지해(暴風之海)라는 초식이었다.

그의 검이 거센 파도처럼 휘몰아치니 진양은 눈앞이 어지러울 지경이었다. 진양은 얼른 뒤로 물러나면서 상대의 검로를 모조리 차단하는 풍우정혈 초식을 펼쳤다.

두 사람의 도검이 어지럽게 서로 어울렸다. 시간이 길어지면서 두 사람의 이마에서 땀이 주르륵 흘러내렸다. 진양은 조금씩 물러나면서 마당 구석으로 내몰렸다.

그때 흑표가 몸을 뒤로 쭉 빼내더니 용수철 튕기듯 직선으로 날아왔다. 그의 검이 진양의 도식을 파헤치듯 절묘하게 쏘아졌다.

하해유영(下海遊泳)이라는 초식이었는데, 그 검세가 매섭고 빨라서 진양은 얼른 몸을 비틀어 피했다.

그런데 문제는 그다음에 벌어졌다.

마침 이때 시종 하나가 술상을 들고 마당 구석을 지나고 있었다. 그런데 진양을 스친 흑표의 검이 그만 그 시종에게 향한 것이다.

해남파의 검술은 매우 패도적이어서 이미 펼친 검공을 다시 거두어들이기란 여간 어려운 것이 아니었다. 더구나 지금처럼 예상치 못한 상황이라면 더욱 그랬다.

만약 진양이 도를 들어 흑표의 검을 막아내는 쪽을 선택했더라면 시종은 위기에 처하지 않았을지도 몰랐다.

뒤늦게 시종이 위험에 처했다는 사실을 깨달은 진양은 얼른 손을 뻗어냈다. 도를 휘둘러 막아내기엔 너무 늦었기에 진양은 왼손 검지와 중지로 검날을 밀어내려고 한 것이다.

한편 시종은 갑자기 매서운 검기가 날아들자 깜짝 놀라며 머리를 감싸 쥐고 비명을 내질렀다.

"우악!"

쨍그랑!

그가 술상을 놓치면서 술병이 깨지고 술이 바닥을 흥건하게 적셨다. 동시에 진양의 손가락이 흑표의 검을 밀어 쳤다.

타앗!

공력을 실어 밀어냈지만 검날이 미끄러지면서 진양의 팔뚝을 길게 그어버리고 말았다. 다행히 시종은 무사했지만 진양은 장포 소매가 싹둑 잘려 나가고 팔은 피범벅이 된 것이다.

만약 검날이 곧게 뻗어왔더라면 진양은 상처를 입지 않았을 수도 있었다.

하지만 해남파의 검식 특성상 검날을 비스듬히 눕혔기에 진양의 지공(指功)이 완벽하게 먹혀들지 못했던 것이다.

관람자들이 저마다 놀라서 자리에서 벌떡 일어났다.

"아!"

흑표 역시 자신이 뿌린 검에 진양이 다치자 적지 않게 놀랐다.

유인표가 얼른 달려오며 소리쳤다.

"괜찮은가, 양 소협?"

흑표도 미안한 마음에 성큼 다가서는데, 유인표는 혹시 그가 다시 공격을 하려는가 싶어서 얼른 진양을 등지고 섰다.

그러자 흑표가 포권을 취하며 정중히 사죄했다.

“본의는 아니었습니다. 죄송합니다.”

그제야 유인표도 경계를 거두고 답했다.

“이런 사고야 일어날 수도 있는 법 아니겠소. 그리고 내게 사과하실 일은 아니오.”

유인표의 대답은 부드러웠으나 내심은 원망의 기색이 서려 있었다. 과정이야 어찌 됐든 결국 우려했던 대로 해남파의 검식이 상대에게 상처를 입히고야 만 것이다.

흑표 역시 유인표의 원망을 눈치채고 있었기에 더는 가까이 가지 않고 미안한 표정으로 진양을 바라보기만 했다.

진양은 얼른 팔뚝의 혈도를 짚어 지혈한 후 몸을 추슬렀다. 그리고 유인표를 향해 부드럽게 웃으며 말했다.

“놀라실 것 없습니다. 조금 스쳤을 뿐입니다.”

하지만 유인표가 보자니 상처는 조금 스친 정도가 아니었다. 그렇다고 아주 깊은 부상도 아니었기에 여기서 너무 호들갑을 떨면 진양의 체면이 구겨질까 싶어서 얼른 몸을 물렸다.

“알겠네. 그럼 나는 일단 자리로 돌아가겠네.”

진양은 고개를 끄덕여 보이고는 흑표에게 다가갔다.

“흑 형님의 검술이 실로 놀랍습니다. 저로서는 역시 감당하기가 힘들군요.”

그러자 흑표가 고개를 가로젓고 대답했다.

"나의 패배요. 무인이 검을 제어할 수 없다면 그보다 수치스러운 일도 없을 터. 양 형이 이겼소."

두 사람이 좋은 말로 대련을 마무리 짓자 관람자들도 비로소 안도의 숨을 내쉴 수 있었다.

그때 잠깐 정신을 잃고 있던 시종이 조금씩 정신을 차리며 깨어났다.

남옥은 이제 겨우 놀란 마음을 진정시키고 있었는데, 마침 시종이 깨어나자 내심 노기가 치솟았다. 지금껏 즐거운 마음으로 술을 마시며 대련을 관람하고 있었는데, 하찮은 시종 따위가 판을 깨버리니 여간 화가 나는 것이 아니었다. 그가 시종을 가리켜 삿대질을 하며 소리쳤다.

"네놈 때문에 귀한 손님이 다치지 않았느냐!"

"죄, 죄송합니다! 소인이 죽을죄를 지었사옵니다!"

"흥! 죽을죄를 지었다면 죽어야지! 여봐라! 당장 저놈을 끌어내어 목을 쳐라!"

"옛!"

순간 병졸들이 나서서 시종을 잡아서 이끌어내기 시작했다. 시종은 살려달라고 울며불며 매달렸지만 남옥의 귀에는 들리지도 않는 듯했다.

그의 성품이 몹시 거칠고 과격하다는 것을 잘 알고 있는 유인표는 조심스럽게 말리고 나섰다.

"대장군, 그래도 양 형제가 구하려던 자인데 목숨을 잃게 해서야 되겠습니까? 이번만은 너그러이 봐주시지요."

하지만 남옥은 한번 정한 마음을 쉽게 돌이키지 못했다. 그는 화가 나면 황제가 임명한 관리도 제 마음대로 제명시키곤 했다. 그 때문에 여러 오해도 받고 최근 들어서는 황제의 의심도 받는 처지였다.

그런 남옥에게 유인표의 직언이 귀에 들어오기나 하겠는가?

"흥! 저딴 녀석 때문에 양 형제가 다쳤으니 오히려 죽여 없애는 것이 화근을 제거하는 길일세!"

이쯤 되자 진양도 말리고 나섰다.

"그럼 저를 봐서라도 명을 거두어주십시오. 저는 정말 괜찮습니다."

"아니야! 우리 집에 온 손님을 다치게 한 저놈을 내가 용서할 수 없어! 지은 죄가 있다면 당당히 죽으면 될 일이지!"

아무래도 남옥은 고집을 꺾지 않을 기세였다.

결국 시종은 그대로 병졸들에게 끌려가고 말았다.

상황이 이렇게 되자 술자리의 분위기는 무겁게 가라앉고 말았다.

하지만 남옥은 이런 분위기가 된 것마저 모두 그 시종 탓이라며 끝내 화를 가라앉히지 못했다. 그는 그 시종의 식솔들까지 모조리 죽여 버리라고 명했지만, 유인표와 진양이 한사코 말리는 바람에 그것만은 그만두었다.

사정이 이리되자 유인표 등은 그저 남옥이 분을 삭이길 기다리는 수밖에 없었다.

결국 유인표 일행은 남옥이 거나하게 취해서 기분이 어느 정도 호전되고 나서야 자리를 파하고 일어날 수 있었다.

第四章

연서(戀書)의 그녀

남옥의 저택을 나온 유인표 일행은 착잡한 심정으로 귀갓길에 올랐다. 특히 유인표는 일이 이렇게 된 것이 진양에게 몹시 미안한 심정이었다. 그래서 그는 도장옥과 정여립을 먼저 보내고 자신과 진양은 뒤처져서 천천히 말을 몰았다.

"오늘 자네에게 무리한 요구를 한 것 같으이. 미안하게 됐네."

"아닙니다. 덕분에 안목을 크게 넓힐 수 있었습니다."

"그렇게 생각해 주니 고맙네. 사실 나도 해남파의 검식을 직접 본 것은 오늘이 처음이라네. 오히려 자네 덕분에 내가 많은 것을 배웠구먼."

진양은 고개를 끄덕이며 흑표의 검식을 떠올려 보았다. 처음에는 그저 생소한 검식이라고 생각했는데, 유인표의 말을 들어보고 나니 그것이 해남파의 검식이라는 것을 알 수 있었다.

'과연 해남도의 검식이 독특하다고 하더니 정말 그렇구나.'

진양은 중원무림의 정공에 대해서 아는 것이 없었다. 다만 천상련에서 지낼 때 여러 잡서를 읽으면서 언뜻 해남파의 검식이 독특하다는 이야기를 읽은 기억이 난 것이다.

그때 유인표가 넌지시 물었다.

"남옥 대장군을 직접 뵈니 어떻던가?"

"기개가 남다르고 대장군으로서의 기백이 넘치시는 듯했습니다."

"하하하, 그렇군. 하지만 내 앞이라고 굳이 좋은 말만 할 필요는 없네. 나도 보는 눈이 있고 생각하는 머리가 있으니까."

유인표는 오늘 시종의 일을 떠올리고 꺼낸 말이었다. 진양도 짐작을 하고 있었기에 이내 솔직하게 대꾸했다.

"사실대로 말씀드리자면, 성품이 호방하고 거침없어서 존경심이 우러나오긴 하지만, 다소 과격하고 거친 모습도 보여

훗날 화를 입게 될까 봐 염려됩니다."

"화… 라면?"

진양은 묵묵히 말을 몰다가 어렵게 입을 뗐다.

"사실 제 부모님은 호유용 사건에 연루되어 돌아가셨습니다. 제가 아는 한 두 분은 살아생전에 일절 불충한 잘못을 저지른 적이 없었습니다. 단 하나 문제라면 인맥이었지요. 국주 어르신께서도 아시다시피 지금은 매우 민감한 시기가 아니겠습니까? 불과 삼 년 전에도 호유용 사건을 재조사하면서 또 한 번 많은 사람들이 죽었습니다. 그런데 남옥 대장군께서는 기개가 지나친 면이 없지 않으시니……."

진양이 끝말을 흐렸다.

유인표는 진양의 말에 내심 놀랐다. 지금껏 진양의 가족 관계를 전혀 모르고 있다가 이제야 알게 된 것이다.

한편으로는 기분이 좋은 점도 있었다. 이런 이야기를 털어놓는 것은 그만큼 자신을 믿는다는 소리가 아니겠나.

유인표가 진중한 표정으로 고개를 끄덕였다.

"맞는 말일세. 사실 나도 그걸 가장 염려하고 있다네. 하지만 대장군께서 좀처럼 고집을 꺾지 않으시니 어쩌겠나? 그것이 그분의 성품인 것을."

"그래도 국주 어르신께서는 매사에 조심하십시오. 혹시 제가 주제넘었다면 죄송합니다."

"아닐세. 아니야. 자네 말이 백번 옳네."

두 사람은 두런두런 이야기를 나누며 집으로 향했다.

잠시 후 먼발치에 금룡표국의 장원이 보이기 시작했다. 진양은 문득 표국에 있을 유설이 떠올랐다. 그녀를 생각하자 다시 곽연의 부탁을 받아 연서를 적던 옛 추억이 새록새록 되살아났다.

비록 처음에는 곽연의 강요에 의해 억지로 연서를 대신 써 주었지만, 나중에는 진양 스스로도 상대에 대한 호감을 가지고 서신을 적지 않았던가.

'정말 유 낭자가 그 여인일까?'

이런 생각을 하게 되자 돌연 가슴이 두근거리고 묘한 기대감으로 마음이 설레었다.

진양은 곰곰이 생각하다가 문득 좋은 방법이 떠올랐다.

'아무래도 내일 한번 알아봐야겠다.'

적어도 지금 떠오른 방법이라면, 옛날 연서를 주고받던 상대가 유설인지 아닌지 정도는 알아낼 수 있었다.

은근한 기쁨을 느낀 진양은 저도 모르게 미소를 지었다. 마침 그 기색을 눈치챈 유인표가 고개를 갸웃거리고 물었다.

"무슨 생각을 하던 중인가? 기분이 좋아 보이는군."

"아, 아닙니다. 잠시 옛 생각을 떠올렸습니다."

진양이 대충 얼버무리자 유인표도 더는 묻지 않았다.

다음날 진양은 오전에 표국의 일을 끝내고 인근 객점으로 갔다. 진양은 객점 이층에서 거리를 내려다보다가 응천부를 배회하는 낭인(浪人)들 중 비교적 옷차림새가 단정한 사람을 골라 데려왔다. 그리고 어젯밤에 적은 서신을 건네며 금룡표국의 유설에게 전해줄 것을 부탁했다.

낭인은 간단한 심부름에 은자 한 냥을 받게 되자 좋아서 어쩔 줄 몰라 했다. 진양은 그에게 자신의 위치를 알리지 말라는 등 몇 가지 주의 사항을 당부했다.

"하지만 혹시 유 낭자가 답신을 적어주면 그것을 받아오도록 하시오. 그럼 내가 은자 한 냥을 더 드리겠소."

"아이구, 감사합니다요, 나리."

낭인은 연신 꾸벅꾸벅 읍을 하고는 물러갔다.

그는 한달음에 금룡표국으로 내달렸다. 표국의 문지기에게 유설 아가씨에게 전해 드릴 서신을 가져왔다고 하자 곧 시종이 나오더니 그를 데려갔다.

유설은 낭인을 보고는 몹시 반색하며 얼른 서신을 받아서 읽었다. 서신에는 간단한 내용의 글귀와 함께 오언절구의 시 한 수가 적혀 있었다.

花園邀明月　화원에서 밝은 달을 맞으니

風來情人香　임의 향기 밤바람을 타고 전해오네.

忽想來思人　문득 그리운 임 예까지 왔나 하여

虛環顧通宵　부질없이 사위를 둘러보며 이 밤을 서성이네.

시를 읽은 유설은 가슴이 벅차올랐다. 분명 서신에 적힌 유려한 필체는 그동안 자신과 연서를 주고받던 상대가 분명했다. 지금까지 간간이 받아보았던 가짜 서신과는 확연히 다른 필체였다.

게다가 시의 내용 역시 그러했다. 지금껏 서신의 상대는 종종 자작시를 적어 보내오곤 했던 것이다. 이 서신에 적힌 오언절구 역시 원래 존재하는 것이 아닌, 남자가 직접 적은 것이었다. 시에 대해 조예가 깊은 그녀는 일독으로 알 수 있었다.

사실 이 시는 진양이 어젯밤 화원을 거닐면서 지은 것이었다. 유설에게 처음으로 시를 보냈을 때와 마찬가지로 기존의 시를 인용한 것이 아닌, 스스로 창작한 것이었다.

특히 마지막 두 행을 보면 진양의 마음이 고스란히 묻어났다는 것을 알 수 있다. 실제로 진양은 유설과 가까이에 있으니 그녀의 향기를 맡았다고 할 수 있는 것이고, 유설이 연서의 상대임을 확인하기 위해서 줄곧 두리번거리는 중이었으니까.

다만 유설은 연서의 상대가 진양일 것이라는 것을 꿈에도 모르고 있었으니 그런 속사정이 있을 것이라고는 짐작도 할 수 없었다.

그녀는 이내 눈물이 그렁그렁 맺히고 손마저 가늘게 떨었다.

그녀가 낭인을 향해 물었다.

"어디서 오셨소?"

그러자 낭인이 깊이 머리를 조아리며 대꾸했다.

"질문하신 답을 드릴 수 없다는 것을 용서하십시오. 저도 그저 지나던 사람에게 은자 한 냥을 받고 시킨 대로 한 것일 뿐입니다요."

절반은 맞는 말이었고 절반은 거짓이었다. 이 역시 진양이 시킨 대로 말한 것이었다.

유설은 그의 말을 듣고 그저 서신이 여러 사람을 거쳐 왔을 것이라 여겼다.

낭인이 읍을 하고 물러가려는데 그녀가 얼른 불렀다.

"잠시만 기다려 주시오. 내 서신을 써줄 것이니 답신을 보낼 수 있겠소?"

"예, 저에게 심부름을 시킨 자가 혹시 서신을 주거든 받아오라고 하였습지요."

"그럼 잠시 계시구려."

유설은 얼른 시종을 시켜 문방사우를 챙겨오도록 지시했다.

잠시 후 시종들이 문방사우를 챙겨오자 그녀는 붓을 들고 빠르게 서신을 적어나가기 시작했다.

혹시라도 시간을 너무 오래 끌면 낭인이 제대로 답신을 보내지 못할까 봐 염려되어 간단한 내용만 서둘러 적었다. 마침내 할 말을 모두 적은 그녀가 서신을 고이 접어 낭인에게 건네주었다.

"내가 은자 한 냥을 드릴 테니 각별히 신경 써서 꼭 전해주시오."

"여부가 있겠습니까요."

낭인은 입이 귀밑까지 벌어져서 은자를 넙죽 받았다. 그는 곧 몸을 물리고 표국을 나섰다.

이를 본 시녀 한 명이 넌지시 물었다.

"아씨, 저자를 미행하면 그쪽의 거처를 알 수 있을지도 모르지 않습니까?"

하지만 유설은 가만히 고개를 가로저었다.

"그가 비밀리에 사람을 보낸 것에는 그만한 이유가 있지 않겠느냐? 게다가 얼마나 오래 미행해야 하는지도 모르니 선불리 사람을 붙일 수도 없지. 정 궁금하면 다음에도 기회가 있을 거야."

"그분이 또 서신을 보낸다고 하셨나요?"

"그래. 그동안 여러 사정이 있어 미처 연락하지 못했다고 하더구나."

"그것참 다행이에요."

시녀가 웃으며 대꾸하자 유설도 온화한 미소를 지어 보였다. 옛말에 일소경국(一笑傾國)이라더니, 그녀의 미소는 그야말로 천상의 선녀가 내려와 웃는 듯하였다.

금룡표국을 나선 낭인은 진양이 지시한 대로 혹시나 있을지 모를 미행을 조심하며 일부러 먼 길을 돌아서 객점에 다다랐다. 그가 이층으로 올라가니 여전히 진양이 그 자리를 지키고 있었다.

"나리, 다녀왔습니다요."

"수고하셨소. 혹시 답신을 받으셨소?"

"그럼요. 여기 있습니다요."

낭인이 두 손으로 서신을 받쳐 들며 내밀었다. 진양은 얼른 서신을 받고는 은자 한 냥을 더 건네주었다. 이때쯤 그는 표국의 일을 하면서 제법 넉넉한 돈을 지니고 있었다.

낭인은 졸지에 은자 석 냥을 벌게 되자 기분이 날아가는 듯했다. 그는 이마가 땅에 닿을 정도로 절을 하고는 객점을 나갔다.

진양은 떨리는 마음으로 서신을 펼쳐 보았다. 그러자 과연 천상련에서 주고받았던 그 서신의 필체가 적나라하게 드러났다. 진양은 말로 표현할 수 없는 기쁨과 떨림으로 가슴이 한껏 부풀었다.

오랫동안 소식이 없어 내심 걱정을 많이 했답니다. 그래도 잊지 않고 이렇게 서신을 보내주셔서 소녀는 한시름 마음을 놓을 수 있게 되었습니다. 무슨 일을 하시는지 알 수 없으나 하시는 일이 만사형통하길 기원하며, 또 연락 기다리고 있겠습니다. 마음이 급하여 이만 글을 줄입니다.

'그 여인이 바로 유 낭자였구나!'

이렇게 되자 진양은 마치 유설과 각별한 사이라도 된 것만 같은 기분이었다. 진양은 서신을 품에 넣고는 표국으로 돌아갔다.

진양은 달콤한 기분에 젖어서 하루 종일 시간이 어떻게 흘러가는지도 몰랐다. 어쩌다가 유설과 마주치기라도 하면 괜히 더욱 설레는 마음에 오히려 말을 붙이기가 어려울 정도였다.

마음 같아서는 당장에라도 유설에게 사실을 이야기하고 싶었지만, 아직은 그럴 수 없었다. 만약 자신이 대필을 해주었다는 사실을 그녀가 알게 되면 어떤 반응을 보일지 전혀 감이 잡히지 않았던 탓이다.

그날 이후 진양은 몇 번이나 더 서신을 보내고 싶었지만 꾹 눌러 참았다. 예전과 달리 너무 자주 서신을 보내면 유설이 이상하게 생각할 가능성도 있었기 때문이다.

그렇게 달포가 지났을 때, 진양은 유인표의 부름을 받았다.

진양이 찾아가 보니 마침 대청에는 도장옥과 정여립, 그리고 흑표가 함께 있었다.

유인표는 진양을 반기며 자리에 앉히고는 용건을 꺼냈다.

"다들 짐작하겠지만, 내일 혈사채를 찾아가려고 하네. 그래서 자네들을 불렀네. 그런데 나는 표국의 일을 진행해야 하니 갈 수가 없네. 대신 도 표두와 정 표두, 그리고 양 형제가 가주었으면 하네. 그리고 여기 흑 형이 자네들과 함께 갈 것이네. 흑 형은 대장군님의 명을 받고 가는 것이니 혈사채도 함부로 나오진 못할 것이네. 모두들 고생 좀 해주게나."

"염려 마십시오."

일행이 한목소리로 대답했다.

다음날 진양은 도장옥 등과 함께 길에 올랐다. 혈사채는 응천부에서 그리 멀지 않은 곳에 있었다. 빠른 말을 타고 하루 꼬박 달린다면 혈사채의 본거지인 경석산(磬石山)에 다다를 수 있었다.

하지만 진양 일행은 만일의 사태를 대비해서 경석산 아래의 마을에서 하루를 묵어가기로 결정했다.

그들은 객점에 들어가서 두 명씩 나누어 방을 배정받고 여장을 풀었다. 저녁을 먹고 난 후 그들은 내일 이른 아침부터 혈사채를 찾아갈 것을 대비해 일찌감치 잠자리에 들었다. 일행 모두 먼 길을 달려왔기에 금방 잠에 빠져들었다.

그런데 이경(二更:밤 11시)쯤 지날 때였다.

진양은 문득 싸늘한 기운을 느끼고는 눈을 번쩍 떴다.

그 순간 허공에서 빛이 반짝 뿜어졌다. 곧이어 날카로운 검날이 자신의 심장을 향해 수직으로 떨어져 내리는 것이 아닌가.

깜짝 놀란 진양은 얼른 몸을 굴려 피했다. 그러자 검날이 그대로 침상에 박히며 '치익!' 하고 타는 소리를 냈다. 누린내가 나는 것을 보니 검날에 독을 발라놓은 모양이었다.

만약 진양이 피하지 않고 검날을 양 손바닥으로 잡았더라면 독상을 면치 못했으리라.

진양은 등골이 서늘해지는 것을 느끼며 얼른 몸을 물렸다. 그리고 같은 방에서 자던 흑표를 깨우기 위해 눈길을 돌렸다.

한데 이미 흑표는 검까지 뽑아 들고 다른 복면인과 대적하고 있었다.

실제로 진양과 흑표는 거의 동시에 깨어나서 복면인들을 상대하게 된 것이다. 다만 각자의 위기가 다급했던지라 서로가 이제야 깨어난 것을 확인했을 뿐이다.

두 사람은 같은 생각을 했다.

'이렇게 쥐도 새도 모르게 잠입했다니, 암살을 전문적으로 훈련받은 살수들이 분명하다.'

진양은 천천히 뒷걸음질을 치며 물었다.

"흑 형님, 괜찮으십니까?"

흑표는 대답 대신 검을 두어 번 휘둘러 보였다. 진양은 그 소리만 듣고도 흑표가 무사하다는 것을 확인할 수 있었다.

반면 복면인들은 암살에 실패하자 다소 당황한 기색을 보였다.

하지만 이내 그들은 품에서 무언가를 꺼내 쏘아냈다.

삐잉! 삐잉!

새털같이 가는 침이 예리한 소리를 울리며 날아왔다. 진양은 일전에 복면인에게 독침을 맞은 기억이 있는 터라 얼른 몸을 납작하게 엎드려 암기를 피했다.

흑표 역시 빠른 움직임이 특기였던지라 순간적으로 검을 휘둘러 날아오는 침을 모조리 튕겨냈다. 비록 으스름한 달빛만이 시야를 확보해 주고 있어 잘 보이진 않았지만, 특유의 예리한 감각으로 막아낸 것이다.

하나 이번 공격은 복면인들이 몸을 빼내기 위한 수단일 뿐이었다. 복면인들은 곧장 몸을 돌리더니 창문을 통해 달아났다.

흑표가 얼른 그 뒤를 쫓았다.

진양도 그들을 쫓으려다가 문득 옆방에서 자고 있을 도장옥과 정여립이 걱정됐다. 그는 얼른 문을 열고 나가서 옆방으로 들어섰다.

"도 표두님! 정 표두님! 모두 무사하십니까?"

"앗! 양 소협! 조심하시오!"

마침 도장옥이 황급하게 소리쳤다.

진양이 무심코 돌아보니 정여립을 공격하던 복면인이 막 들어서는 자신을 보고 검을 휘두르며 달려드는 것이었다.

진양은 복면인들의 검에 독이 묻어 있다는 사실을 알고 있었기에 선불리 손을 뻗지 않고 몸을 기울여 피해냈다. 복면인은 연이어 살수를 펼쳐 왔고, 진양은 그럴 때마다 연신 회피 동작만 취할 뿐이었다.

한편 한시름 돌릴 수 있게 된 정여립은 도장옥을 거들기 시작했다. 도장옥이 복면인을 상대하며 정여립에게 소리쳤다.

"나는 괜찮네! 양 소협을 도와주게나!"

그런데 때마침 진양은 독이 묻은 검을 피해 몸을 한껏 뒤로 젖히고 있는 상태였다. 이어서 그의 가슴을 검이 스치고 지나가자 진양은 상대의 빈틈을 확인했다.

진양은 곧장 질풍권을 내질렀다.

슈우우욱! 펑!

바람처럼 내지른 주먹이 적의 갈비뼈에 정통으로 들어맞았다.

"커억!"

순간 복면인은 갈비뼈가 깊이 함몰되면서 피를 토하며 튕겨 날아갔다.

권력이 어찌나 거센지 복면인은 그대로 창문마저 부수고는 밖으로 나가떨어졌다.

순간 방 안의 모든 사람들이 놀란 표정으로 진양을 바라보았다. 적수공권으로 검을 상대하는 것 자체가 힘든 일인데, 진양은 단 일격으로 적을 거꾸러뜨린 것이다.

아마도 밖으로 나가떨어진 자는 죽음을 면치 못했으리라.

상황이 이렇게 흐르자 남은 복면인도 전의를 완전히 상실하고 말았다. 그가 품속에 손을 집어넣는 순간, 진양이 벼락같이 외쳤다.

"모두 조심하세요! 암기입니다!"

그 말이 떨어지기가 무섭게 복면인이 품에서 암기를 꺼내 쏘아냈다.

삐잉! 삥! 삐잉!

세 대의 암기가 정확히 세 사람을 향해 각기 날아갔다. 진양은 이미 알고 있었기에 일찌감치 몸을 피했고, 정여립은 운이 좋게도 암기가 빗나가서 부상을 면할 수 있었다.

하지만 복면인과 가장 가깝게 붙어 있던 도장옥은 도저히 암기를 막아내거나 피하는 것이 불가능했다. 결국 그는 왼쪽 가슴에 암기를 맞고 말았다.

복면인은 옆방을 습격했던 자들과 마찬가지로 곧장 몸을 돌려 창문을 통해 달아났다.

잔뜩 화가 난 도장옥이 그를 쫓으려고 했지만 진양이 얼른 말리며 나섰다.

"도 표두님! 운기하시면 안 됩니다! 앉아서 절대 운기는 하지 마시고 토납술만 이행하십시오!"

이미 적의 독에 당한 적이 있는 진양이었다. 그 때문에 진양은 이들 독의 특성을 잘 알고 있었다.

물론 그때와 다른 적일 수도 있었지만, 그들이 사용하는 무공이 지난번 복면인과 상당히 흡사한 구석이 있었다. 게다가 그들이 사용하는 암기가 똑같은 종류였다.

도장옥은 얼른 가부좌를 틀고 앉으며 소리쳤다.

"양 소협! 내 걱정은 말고 어서 놈을 쫓으시오! 정 표두 자네도!"

"알겠습니다!"

두 사람이 동시에 대답하고는 창밖으로 몸을 날렸다.

진양은 마침 좀 전에 자신에게 일격을 맞고 쓰러진 복면인을 발견했다.

"정 표두님! 저자의 몸을 뒤져서 해독약이 있는지 찾아보십시오! 제가 놈의 뒤를 쫓겠습니다!"

"알겠소!"

정 표두가 바닥에 내려섰고, 진양은 곧장 복면인을 쫓아 내달렸다.

한데 복면인의 뒤를 쫓아 숲으로 들어서고 나니 좀처럼 어디로 달아났는지 행방을 가늠할 수가 없었다. 만약 밝은 대낮이었다면 흔적이라도 찾아보겠는데, 캄캄한 밤이다 보니 그조차도 힘들었다.

진양이 망설이고 있는데 문득 서쪽 방향에서 인기척이 들렸다. 진양은 곧바로 몸을 날렸다.

나뭇가지를 밟으며 쏜살같이 달리던 진양은 갑자기 옆구리로 누군가 들이닥치는 것을 보고는 얼른 몸을 굴려 피했다.

쉬이잇!

상대의 검이 진양의 왼쪽 어깨를 살짝 스치고 지나갔다. 다행히 재빨리 몸을 굴렸기에 심각한 부상은 아니었다. 진양이 얼른 몸을 바로 세우고 적을 보았다.

"엇? 흑 형님!"

"음? 양 소협?"

이제야 서로를 알아본 두 사람은 맥이 빠졌다. 적이라고 생각했던 상대가 아군이었던 것이다.

"그자들은 어찌 됐습니까?"

진양은 흑표에게 질문을 던지면서 그의 오른손에 검 한 자루가 더 들려 있는 것을 확인했다. 평소 그가 사용하는 검에 비해서 길이가 조금 짧았는데, 바로 복면인들이 사용하던 것이었다. 오른손이 피로 범벅된 것을 보아 아마도 상대의 손을 잘라내고 검을 빼앗은 듯했다.

흑표가 어두운 표정으로 대꾸했다.

"놓쳤소."

그가 바닥으로 검을 내팽개치자 땅 깊숙이 검날이 박혔다.

흑표는 곧장 복면인들을 추격했지만, 암살자들은 매우 민첩했다. 그들은 전문적으로 암살 훈련만 받은 살수인 듯 무공은 뛰어나지 않았지만 경신법과 은신술만큼은 자못 훌륭했다.

하나 흑표 역시 빠른 움직임이라면 누구에게도 뒤지지 않을 자신이 있었다. 어지간히 그들을 따라잡았다고 생각한 순간, 그들이 흑표에게 암기를 다시 발사한 것이다. 흑표가 암기를 피하는 동안 두 복면인이 돌연 몸을 돌리고 흑표를 공격해 왔다.

흑표로서는 혼자서 둘을 상대하려니 여간 힘든 것이 아니었다. 치열한 접전 끝에 흑표는 복면인 중 한 명의 손목을 잘라낼 수 있었다. 하지만 그 순간 자신도 적에게 일격을 당해 옆구리가 베이고 말았다. 그나마 다행히도 검날에 발라 있던 독은 이리저리 닦이고 말라 버린 상태였다.

흑표가 주춤하자 두 복면인은 다시 암기를 쏘아내며 달아났다. 다행히 암기에 당하지는 않았지만 옆구리의 부상 때문에 두 사람을 더 쫓는 것은 무리였다.

그가 걸음을 돌리는데, 이번에는 후방에서 인기척이 들렸다. 순간 흑표는 옆방에 잠입한 자객일 것이라고 짐작하고는 숲 속에 은신한 채 때를 기다리고 있었던 것이다. 그런데 마침 그 길을 지나간 사람이 바로 진양이었다.

진양은 흑표의 옆구리가 찢어져 피가 흐르는 것을 보고는 얼른 다가갔다.

"부상을 당하셨군요. 우선 숙소로 돌아가야겠습니다."

흑표는 손을 들어 부축받기를 거부하고는 몸을 돌려 걸었다.

두 사람이 객점으로 돌아오니 도장옥은 여전히 정좌한 채로 토납술에만 정신을 집중하고 있었고, 정여립은 방 한쪽에서 서성거리고 있었다.

정여립은 진양과 흑표가 들어오는 것을 보고는 얼른 다가왔다.

"놈들은 어찌 됐소?"

"놓쳤습니다."

진양의 대답에 정여립의 표정이 굳어졌다. 그가 혼잣말처럼 중얼거렸다. 하나 그 목소리에는 짐짓 질책하는 기색이 가득했다.

"그들이 누군지도 모른 채 놓아 보내다니! 이럴 줄 알았더라면 나도 함께 그들을 쫓는 것이 나을 뻔했소."

진양은 기분이 언짢았다. 자신이 일부러 보내준 것도 아닌데, '놓아 보냈다'는 표현을 쓰니 여간 기분 상하는 것이 아니었다.

'아무래도 이자는 나한테 별로 좋은 감정을 가지고 있지 않나 보군.'

진양은 가볍게 그의 말을 무시하면서 물었다.

"도 표두께서는 해독약을 드셨습니까?"

"놈의 몸을 뒤져 봤지만 해독약은 없었소."

진양의 표정에 근심이 드리워졌다.

보통 독을 쓰는 자들은 자신들이 그 독에 당할 것을 염려해서 해독약을 함께 가지고 다닌다. 그래서 도장옥이 독에 당했을 때도 조금은 마음을 놓고 있었다.

한데 해독약을 구하지 못했으니 또 어떻게 치료를 한단 말인가.

"얼굴은 아는 자였습니까?"

"아는 자라면 내가 왜 그런 소리를 했겠소?"

정여립이 다시 툭 쏘듯이 말하자 진양은 그만 더 이상 그를 상대하고 싶지 않았다. 해서 도장옥에게 걸어가 물었다.

"도 표두님, 몸은 좀 어떠신지요?"

"양 소협 말대로 운기를 하지 않고 토납술만 이행했더니 한결 편해졌소. 감사드리오."

"별말씀을요. 그나마 다행입니다."

도장옥은 부드러운 표정으로 고개를 끄덕이고는 흑표를 보았다.

"흑 형께서도 부상을 입은 모양이구려."

"가벼운 부상입니다."

흑표가 짤막하게 대답했다.

도장옥은 한숨을 내쉬고는 말했다.

"그자들의 정체를 알아내지 못했으니 아쉽게 됐구려. 내 실력이 변변치 못하여 여러분께 짐이 되는 듯하오."

"무슨 말씀을 그리하십니까? 도 표두님의 무공이 뛰어나다는 것은 우리 모두가 아는 사실입니다. 이번 일은 피치 못한 것이었으니 너무 자책하지 마십시오."

진양이 부드러운 목소리로 그를 달랬다.

그때 정여립이 잔뜩 화가 난 듯 말했다.

"분명 혈사채 놈들의 짓일 겁니다! 이놈들이 우리가 오는 것을 알고 미리 살수를 쓰는 것이겠지요!"

하지만 도장옥이 고개를 가로저었다.

"섣불리 단정 지을 일은 아닐세."

"하지만 그놈들이 아니라면 누구란 말입니까? 분명 혈사채의 그 도적놈들 짓이겠지요!"

"그럼 혈사채는 어떻게 우리가 오는 것을 알고 있단 말인가?"

"그건……."

도장옥의 질문에 정여립도 말문이 막히고 말았다.

하지만 그는 곧 무슨 생각을 했는지 입을 열었다.

"그놈들은 감히 금룡표국을 건드렸지요. 그러니 우리가 어떻게 나올지 진작부터 주시하고 있었을 겁니다. 그러다가 우리가 산 아래까지 당도하자 살수를 쓴 것이겠지요."

도장옥은 묵묵히 고개를 가로저었다. 정여립의 말도 일리가 없진 않았으나, 혈사채가 그렇게까지 무모할 것 같지는 않았다.

만약 혈사채가 처음부터 표국을 주시하고 있었다면, 대장군의 명을 받은 흑표도 함께인 것을 알 수 있었을 것이다. 그럼에도 불구하고 살수를 펼친다?

'아무래도 찝찝한 구석이 많아.'

도장옥이 눈을 감은 채 아무 말도 하지 않자 객실은 곧 조용해졌다.

진양이 다소 격양된 분위기를 수습했다.

"밤이 깊었으니 오늘은 그만 쉬도록 하지요. 내일 아침 일찍 혈사채를 찾아가면 어느 정도 의문이 풀리겠지요."

그러자 정여립이 콧방귀를 꼈다.

"흥! 언제 또 적이 들이닥칠지 모르는데 잠이 오겠소?"

"그렇다고 밤을 새우고 가면 기력이 부족하지 않겠습니까? 돌아가면서 번을 서도록 하지요. 제가 먼저 서겠습니다. 한 시진 간격으로 교대하는 것이 어떻겠습니까?"

도장옥이 찬성했다.

"좋은 생각이오. 한데 어차피 나는 잠시 기를 다스려야 하니 내가 먼저 번을 서도록 하겠소. 한 시진 후에 양 소협을 깨우겠소."

"알겠습니다. 그럼 제가 두 번째로 번을 서겠습니다."

대충의 이야기가 정리된 네 사람은 각자의 방으로 들어가서 잠을 청했다.

다음날 흑표가 모두를 깨워서 일어났다. 도장옥과 진양, 그리고 흑표가 번을 서는 것만으로 세 시진이 지났기에 이미 동이 밝아오고 있었다.

그들은 객점 주인에게 깨진 창문을 변상하고는 조반으로 간단히 만두를 챙겨 먹었다. 이후 경석산을 오르기 시작했다.

얼마쯤 올랐을까?

도장옥이 문득 걸음을 멈추고 주위를 두리번거렸다.

"왜 그러십니까, 도 표두님?"

진양이 물어보자 도장옥은 눈썹을 잔뜩 찌푸리더니 품에서 종이 한 장을 꺼냈다. 거기에는 대략의 지도가 그려져 있었는데, 바로 경석산의 혈사채 위치가 표시된 지도였다.

도장옥이 고개를 설레설레 저으며 말했다.

"아무래도 이상하군. 분명 이쯤이면 사람이 있어야 할 터인데."

혈사채의 위치가 표시된 지도이긴 하나, 혈사채의 내부까지 자세하게 그려진 것은 아니었다. 다만 혈사채를 찾아가기 위해서 제일 처음 관문이 나와 있을 뿐이다.

한데 지금 네 사람이 서 있는 곳이 바로 그 표시된 지역이었다. 원래대로라면 이쯤에서 혈사채의 무인이 나타나서 이들을 막아서고 용건을 물어보든지 했어야 한다.

그런데 아무도 나타나지 않고 오히려 사위는 쥐 죽은 듯이 조용하기만 했다.

순간 진양은 매복하고 있는 것이 아닐까 하여 잔뜩 주의를 기울였다.

하지만 역시 인근에서 인기척은 전혀 느껴지지 않았다.

"길을 잘못 든 것이 아닐까요?"

"흐음, 그럴 리가……."

도장옥은 고개를 저으며 대답하면서도 어쩐지 자신이 없었다. 막상 눈앞에 사람이 보이지 않으니 길을 잘못 들었을 가능성도 배제할 수는 없었다.

흑표가 걸음을 옮기며 말했다.

"우선 올라가 보지요."

세 사람도 고개를 끄덕이고는 뒤를 따랐다.

그런데 정말 이상하게도 경석산 중턱을 넘어섰음에도 불구하고 산채가 전혀 보이지 않았다. 사람도 마찬가지였다.

"아무래도 길을 잘못 든 모양입니다."

진양이 주위를 두리번거리며 말했다.

정여립이 불쑥 끼어들었다.

"혹시 이놈들이 우리를 습격한 것을 실패하자 모두 도망간 것이 아닐까요?"

"하지만 그랬다면 비어 있는 산채라도 나타났어야지요. 그리고 이들의 머릿수가 우리보다 훨씬 많은데 도망갈 까닭이 있겠습니까?"

"흥! 대장군님의 명을 받은 흑 형이 함께 계시니 도망을 갈 수도 있지 않겠소?"

"그래도 산채조차 보이지 않으니 이상한 노릇입니다."

진양은 사방을 둘러보며 대답했다.

이때 흑표가 돌연 몸을 번쩍 날려 마치 다람쥐처럼 잽싸게 나무를 타고 올랐다. 순식간에 나무 제일 윗가지까지 도달한 그가 주변을 둘러보았다.

일행 모두 흑표의 날렵한 몸놀림에 마음속으로 찬사를 보냈다.

잠시 후 흑표가 바닥으로 훌쩍 뛰어내렸다. 장포를 펄럭이며 내려서는 그의 모습은 마치 하늘에서 내려온 신장(神將)과도 같았다. 그가 방향을 잡더니 성큼성큼 걸음을 옮기기 시작했다.

"이쪽이오."

모두 서로를 번갈아보며 흑표의 경신술에 다시 한 번 감탄하고는 뒤를 좇기 시작했다.

얼마나 갔을까?

과연 언덕 아래로 산채의 모습이 보였다. 이제야 안 사실이지만 진양 일행은 다른 길로 산채를 지나쳐 한참이나 더 올라갔던 것이다.

한데 문득 산채 쪽에서 병장기 부딪치는 소리가 아련히 들리고 사람들의 고함 소리도 간간이 이어지고 있었다.

"무슨 소리일까요?"

"흠! 아무래도 뭔가 일이 생긴 모양이오. 흑 형과 양 소협이 먼저 가보시오!"

도장옥의 말에 진양과 흑표가 얼른 몸을 날렸다.

도장옥은 독에 중독되어 운기할 수 없었기에 정여립의 보호를 받으며 뒤에 처질 수밖에 없었다.

진양과 흑표가 나는 듯이 달려가서 보니, 암벽 아래의 산채에서는 벌써 한바탕 싸움이 벌어지고 있었다. 이미 꽤나 많은 사람들이 죽어 널브러져 있었고 부상자도 어마어마했다.

사세를 가만 살펴보니 혈사채 무인들이 침입자를 막고 있는 형국이었다. 침입자들은 하나같이 흑의를 입고 있었는데, 이들 개개인의 무공이 상당히 뛰어난 듯했다. 머릿수로 보더라도 흑의인들이 훨씬 부족했지만, 혈사채 무인들을 빠르게 제압해 가고 있었다.

게다가 손속이 잔인하기 이를 데 없어 이미 부상을 입고 전의를 상실한 무인들마저 단칼에 목을 베어내곤 했다.

'도대체 저들이 누구기에 혈사채 무인들을 급습했단 말인가? 아무리 원한이 있다고 한들 이미 패배를 시인한 무인들까지 가차없이 죽이다니, 너무 잔인하구나.'

진양 일행은 애초에 혈사채 무인들에게 따져 물을 것이 있어서 찾아온 것이었다.

한데 이제 와서 혈사채 무인들이 고양이 앞에 쥐 신세가 되어 꼼짝없이 당하는 것을 보자 괜히 측은한 마음이 들었다.

꼭 그런 마음이 아니더라도 혈사채가 이대로 전멸하는 것을 두고 볼 수만은 없었다. 그들이 무사해야 따져 물을 것도 물어볼 수 있는 것이 아니겠는가.

진양이 주먹을 말아 쥐고는 말했다.

"아무래도 혈사채 무인들을 이대로 내버려 두었다간 전멸하지 싶습니다. 가서 도와주어야겠습니다."

흑표가 말없이 고개를 끄덕였다. 진양의 의견에 동의하는 표정이었다.

두 사람이 서 있는 곳은 혈사채가 한눈에 내려다보이는 암벽 위였다. 때문에 진양은 이제 어떻게 혈사채를 도우면 될지 생각하면서 장내를 꼼꼼히 살폈다.

한데 가만 보니 혈사채의 내당 쪽에 제단처럼 높은 지대가 있었다. 아마도 채주가 기거하는 곳인 모양인데, 그곳으로 오르기 위해서는 남쪽으로 난 긴 돌계단을 이용하는 방법밖에 없었다.

때문에 혈사채 무인들은 속출하는 부상자들을 그곳으로 대피시키고 있었다.

"흑 형님, 저기 높은 지대로 부상당한 혈사채 무인들을 모아주십시오. 그동안 제가 흑의인들을 상대해 보겠습니다."

흑표는 고개를 끄덕이는 것과 동시에 몸을 날려 비탈진 길을 돌아 내려갔다.

진양도 얼른 그 뒤를 쫓았다.

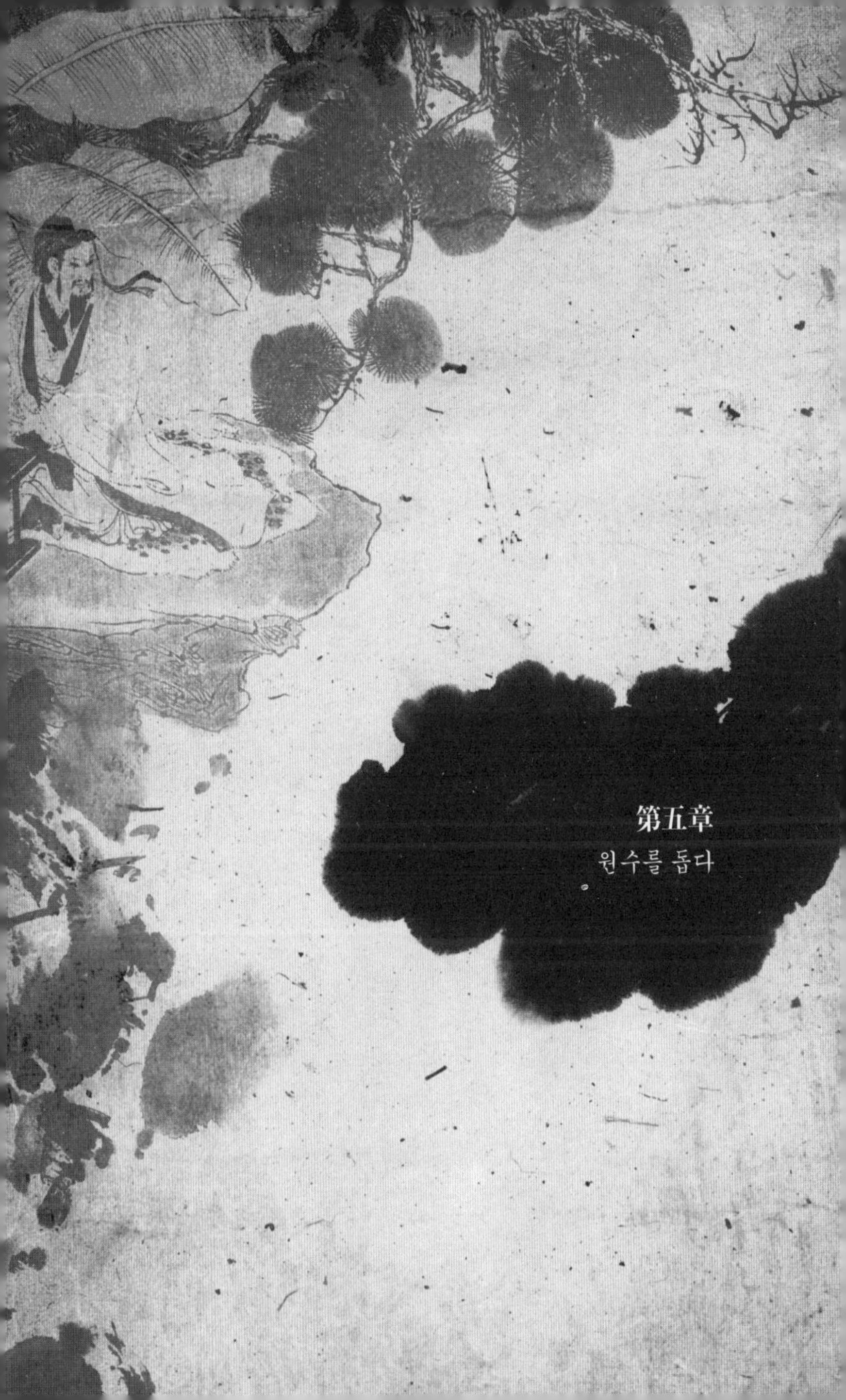

第五章

원수를 돕다

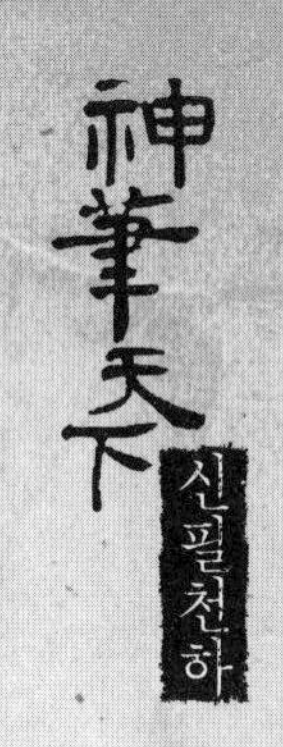

원래 진양 일행은 산길을 잘못 든 것이 아니었다. 처음에는 제대로 길을 찾아왔으나 입구에서 파수를 서야 할 무인이 없었던 것이다. 그들 모두 습격을 받고 장내까지 물러섰으니 당연한 일이었다.

그 바람에 진양 일행은 입구에서부터 길을 잃고 헤맨 것이다.

진양이 혈사채 안으로 들어서니 그야말로 아수라장이 따로 없었다. 곳곳에서 비명 소리와 고함 소리, 병장기 부딪치는 소리가 마구 뒤섞여 들려왔다.

혈사채 무인들은 진양과 흑표가 장내에 들어왔다는 사실조차도 자각하지 못했다. 그만큼 흑의인들을 상대하는 것만으로도 벅찼던 것이다.

진양은 얼른 사람들 틈으로 달려갔다.

그가 건물 사이사이를 굽이굽이 돌아 달리는데, 마침 한쪽 구석에서 비명과도 같은 외침이 터져 나왔다.

"채주님! 아악!"

진양이 깜짝 놀라서 건물을 돌아가 보니 흑의인이 커다란 낫을 내찔러 홍의를 입은 무인의 복부를 꿰뚫고 있었다. 낫에 배가 뚫린 무인 뒤로는 회색빛 수염을 가슴께까지 기른 사내가 바닥에 쓰러진 채 거친 숨을 몰아쉬고 있었다.

가만 보니 그 역시 옆구리와 가슴에 자상을 입어 피로 범벅이었다. 거기에 내상까지 입었는지 입가에는 선혈이 흘러내리고 있었다. 그리고 그 주위에는 홍의무인이 세 명이 더 있었다. 아마도 노인을 호위하는 무사인 듯했다.

이때까지 진양은 흑의인의 뒷모습을 바라보고 있었기에 그의 얼굴은 확인하지 못한 상태였다.

한편 흑의인은 낫을 비틀어 홍의인의 배에서 뽑아냈다.

"끄우욱!"

홍의인이 입을 쩍 벌린 채 비명도 제대로 지르지 못하고 털썩 쓰러졌다.

흑의인이 커다란 낫을 한차례 휙 휘두르자, 날에 묻어 있던 피가 바닥에 '좌악!' 소리를 내며 뿌려졌다. 그 모습을 보며 홍의무사들은 검을 양손으로 쥔 채 몸을 떨었다.

이윽고 홍의무사 중 한 명이 용기 내어 소리쳤다.

"쳐, 쳐랏!"

동시에 세 명의 무사가 기합성을 터뜨리며 흑의인에게 달려들었다.

그 순간 흑의인은 정면으로 빠르게 쇄도하더니 단 일 수에 홍의무사의 심장을 꿰뚫어 버렸다. 이어서 그가 낫을 놓고 양옆으로 쌍장을 뻗어내자 홍의무사들이 속절없이 튕겨 날아갔다.

퍼펑!

"크아악!"

"아악!"

그런 중에도 그가 내찌른 낫은 여전히 앞에 서 있는 홍의무사 가슴에 꽂혀 있었다. 그가 손잡이를 잡고 낫을 뽑아내자, 홍의무사가 털썩 쓰러졌다.

이제 남은 사람은 회색빛 수염의 노인뿐이었다.

노인은 심호흡을 한 번 하더니 흑의인을 향해 날카롭게 소리쳤다.

"죽여라!"

흑의인은 일말의 망설임도 없이 낫을 들어 내려쳤다.

그런데 낫이 노인의 목을 찍기 직전,

슈우우웃!

등 뒤에서 느껴지는 강맹한 기운에 흑의인이 본능적으로 몸을 뒤틀었다.

파팡!

허공을 내찌른 진양의 주먹에서 요란한 파공음이 울렸다. 엄청난 기의 파장에 흑의인이 짐짓 놀란 듯 두 눈을 크게 부릅떴다.

그제야 진양도 흑의인의 얼굴을 정면으로 볼 수 있었다. 한데 이제 보니 피부가 조금 거뭇했고 이목구비가 뚜렷하며 눈이 푸른빛을 띠고 있었다.

'색목인(色目人)?'

진양이 내심 놀라고 있는데, 색목인이 서투른 발음으로 소리쳤다.

"누구냐!"

진양이 그 와중에도 포권을 취하며 대꾸했다.

"금룡표국에서 온 양진양이라고 하오. 만약 그쪽에서 살수를 거둔다면 나 또한 그쪽을 해치지 않을 것이오."

상대는 금룡표국이라는 말을 알아듣고는 눈빛이 잠깐 흔들렸다. 그가 곧 코웃음을 치더니 달려들었다.

"흥! 죽어라!"

진양은 앞서 색목인의 무공 실력이 결코 만만찮다는 것을 확인했기에 한 치의 방심도 하지 않았다. 진양은 얼른 몸을 기울여 적의 공격을 피한 후 상대의 배후로 돌아가 풍결권을 내질렀다.

쉬이익! 팡!

워낙 긴장한 채 정신을 집중하고 있었기에 풍결권은 상대의 옆구리에 정확하게 들어맞았다.

"커억!"

색목인이 답답한 신음을 흘리며 뒤로 주춤주춤 물러갔다. 그는 몹시 놀란 표정이었다.

"내공이 제법이군!"

"알아봐 주시니 감사하오. 계속하시겠소?"

진양이 차분히 대꾸했으나 그 역시 속으로는 놀라고 있었다. 지금껏 자신의 주먹을 이렇게까지 감당해 낸 사람을 처음으로 본 것이다.

하지만 이것은 어디까지나 진양이 사용한 초식의 한계였다. 풍결권은 천상련에 갓 입련한 자들을 상대로 가르치는 초식이었다. 그러니 아무리 완벽하게 초식을 펼치더라도 그 위력에는 한계가 따를 수밖에 없었다.

만약 진양이 풍결권이 아니라 좀 더 격조 높은 권초를 사용했더라면 아마 색목인은 지금쯤 요단강을 건너고 있으리라.

색목인은 대답 대신 낫을 휘두르며 다시 달려들었다. 진양은 얼른 몸을 굴려 피하면서 바닥에 떨어진 검 한 자루를 주워 들었다.

까앙!

낫과 검이 부딪치며 금속성이 터져 나왔다. 그 순간 진양이 왼손으로 장을 뻗어냈다.

색목인은 진양의 내공이 몹시 두텁다는 것을 이미 알고 있는 바였다. 때문에 그는 맞서 손을 뻗지 않고 얼른 몸을 옆으로 굴려 피했다.

그 순간 진양은 검을 높게 세우고 야공유성 초식을 펼쳤다. 검이 허공을 가르며 떨어지니, 그 기세가 무척 매섭고 날카로웠다. 색목인은 피할 여유가 없음을 느끼고 얼른 낫을 들어 올려 검을 막았다.

까앙!

다시 한 번 커다란 금속성과 함께 불티가 튀었다. 낫을 들어 막은 색목인은 팔이 저릴 지경이었다.

이때 진양은 곧바로 선풍유검 초식을 전개했다.

십절류의 무공 특징은 바로 흐름에 있었다. 모든 초식이 다양하게 변하면서 흘러가듯이 이어지는 것이 바로 십절류의 장점이었다.

진양의 몸이 돌개바람처럼 회전하자 색목인은 미처 막아내지 못했다. 결국 그는 낫을 든 채로 팔이 싹둑 잘려 나가고 말았다.

"아아악!"

색목인이 길게 비명을 터뜨리며 바닥을 굴렀다. 그가 얼른 왼손으로 오른쪽 팔뚝 몇 군데의 혈을 점하고는 지혈을 시도했다. 그러고는 진양을 쳐다보지도 않고 다른 손으로 낫을 주워 들고 어디론가 달려가 버렸다.

실제로 색목인의 무공은 상당한 수준이었지만, 진양이 어린 것을 보고 방심한 것이 큰 실수였다.

진양은 그를 좇으려다가 쓰러져 있는 노인을 의식하고는 돌아왔다.

"상처는 좀 어떠신지요?"

"자네는… 금룡표국에서 왔다고 했나?"

힘겹게 대답하는 노인은 이미 기력이 많이 쇠진한 듯했다. 진양이 다가가서 맥을 짚어보니, 내상이 몹시 깊어서 자칫하면 목숨을 잃을 수도 있을 것만 같았다.

진양은 얼른 노인의 혈도를 몇 군데 짚어 그의 고통을 덜어주었다.

"말씀을 많이 하지 마십시오."

"클클. 곧 죽을 몸이라는 건 내가 잘 안다. 금룡표국에서 왔다면… 나를 죽여야 할 것이 아닌가?"

"원수를 갚고자 온 것은 아닙니다. 대화를 하기 위해서 왔습니다."

"대화라……. 클클. 우욱! 쿨럭!"

노인은 툴툴 웃다가 돌연 기침을 하며 피를 토해냈다.

진양은 그를 계속 이곳에 둘 수 없다는 생각에 얼른 어깨에 걸머멨다.

노인은 진양의 거침없는 행동에 어이가 없기도 하고 한편 우습기도 했다.

진양은 다시 건물을 돌아 달리기 시작했다.

그런데 얼마 가지 않아서 귀에 익숙한 목소리가 들렸다.

"이놈들아! 그래, 어디 덤벼보아라!"

진양이 얼른 또 모퉁이를 돌아가니 이번에는 위사령이 마구 고함을 내지르며 도를 휘두르고 있었다. 그 기세가 어찌나 흉흉한지 두 명의 흑의인이 위사령 한 사람을 두고 선불리 접근조차 하지 못하고 있었다.

"그만 포기하시지!"

흑의인 하나가 날카롭게 소리치며 검을 휘둘러 갔다. 그 순간 위사령이 잽싸게 흑의인 품으로 파고들더니 도를 올려쳤다.

쉬이잇! 까앙!

아래에서 위로 올려쳤음에도 위사령의 완력이 어찌나 강한지 흑의인은 검이 튕겨 나가면서 두 팔을 번쩍 들어 올리고 말았다. 그 순간 위사령이 왼손을 뻗어 장력을 발출했다.

퍼엉!

"크윽!"

흑의인이 피를 토하며 날아가서 쓰러졌다.

그 모습을 본 진양이 내심 감탄했다.

'보지 못한 사이에 위 선배의 무공이 한층 더 강해졌구나.'

한편 흑의인 한 명을 물리친 위사령은 기세등등한 자세로 돌아섰다.

"크하하! 어떠냐? 포기할 쪽은 바로 네놈들이다!"

그런데 그가 막 고개를 돌리는 순간, 한쪽에 서서 보고 있던 진양이 눈에 들어왔다. 이어 그의 시선은 진양의 어깨에 걸쳐진 노인에게 향했다.

순간 위사령의 안색이 새파랗게 변했다.

"채, 채주님!"

그가 경악성을 터뜨리는 바람에 흑의인도 깜짝 놀라서 고개를 돌렸다. 흑의인은 갑자기 나타난 진양을 보고 적이 하나 늘었다고 생각했는지 주춤주춤 물러섰다.

그 순간 위사령이 노호성을 터뜨리며 진양에게 달려왔다.

"이놈! 또 이렇게 만났구나! 채주님을 내려놓지 못하겠느냐?"

위사령의 도가 거침없이 진양을 향했다. 그 기세가 몹시 매서웠기에 진양은 깜짝 놀라서 뒤로 물러났다.

"어딜 피하느냐? 결국 네놈들까지 왔구나!"

"위 선배님! 오해입니다! 도를 거두시지요!"

"오해는 무슨 오해? 감히 채주님을!"

위사령은 진양이 노인을 상처 입혔다고 착각한 것이다. 진양도 대략의 상황을 짐작하고는 얼른 소리쳤다.

"제가 그런 것이 아닙니다! 어서 혈사채의 무인들을 높은 건물로 대피시키십시오! 흩어져 있다간 모두 죽을 것입니다!"

"흥! 네놈의 간계에 말려들 것 같으냐?"

위사령은 진양의 말을 귓등으로도 듣지 않았다. 대신 연신 살기를 뿜어내며 도를 휘둘러댈 뿐이었다. 진양은 노인까지 둘러메고 있으니 위사령의 공격을 피하는 것이 여간 어려운 일이 아니었다.

한편 갑자기 돌아가는 상황에 어리둥절하던 흑의인은 천천히 사정을 깨우쳐 갔다. 둘 사이의 오해야 어떻게 되었든 그로서는 지금이 위사령을 죽일 수 있는 기회였다.

그가 곧장 위사령에게 달려들며 검을 후려쳤다.

그 순간 진양이 흑의인의 움직임을 보고 얼른 앞을 막았다.

진양은 유연한 움직임으로 흑의인의 검을 피해내고는 일장을 뻗었다.

슈우웃! 펑!

"크아악!"

흑의인도 진양이 자신을 공격할 것이라고는 짐작 못했기에 속절없이 나가떨어졌다.

반면 같은 순간, 위사령의 도는 진양의 어깨를 살짝 스치며 지나갔다. 진양의 왼쪽 어깨에서 피가 튀어 올랐지만 그리 심한 상처는 아니었다.

위사령은 그제야 진양이 자신을 보호했다는 사실을 깨우치고 도를 거두었다.

"정, 정말 네가 채주님을 해친 것이 아니란 말이냐?"

"그렇다고 하지 않았습니까?"

"으음. 그럼 왜 여길……."

"자세한 건 나중에 말씀드리겠습니다. 그보다 우선 채주 어르신을 모시고 제일 높은 건물로 피하십시오! 혈사채의 모든 무인에게 그쪽으로 피하라고 하십시오! 저와 함께 온 한 분이 혈사채의 부상자들을 옮기고 있을 테니 막지 마시구요!"

"알, 알겠네!"

위사령은 뭐가 어찌 된 영문인지도 모르고 우선 진양의 말을 듣기로 했다. 언뜻 함정이 있을지도 모른다는 생각을 했지만, 어떤 상황이든 지금보다 더 나쁠 수는 없을 것 같았다.

그가 내공을 실어 우렁찬 목소리로 외쳤다.

"아우들은 들어라! 모두 혈사전(血師殿)으로 물러나도록 하라!"

그의 목소리가 전해지자 곳곳에서 싸우던 혈사채 무인들이 조금씩 물러나기 시작했다. 위사령 역시 노인을 업은 채 혈사전 계단을 향해 내달렸다.

잠시 후 그곳에 흑의인 세 명이 나타났다.

진양은 얼른 몸을 돌려 혈사전으로 내달렸다. 그리고 계단 입구에서 몸을 돌려 추격하는 흑의인들을 상대했다.

흑의인 중 두 명은 검을 들고 있었고, 한 명은 장봉을 들고 있었다.

'우선 급한 대로 검부터 상대해야겠다!'

진양은 곧바로 검을 휘두르며 두 흑의인에게 쇄도했다. 흑의인들은 진양이 갑자기 패도적으로 나오자 몸을 움찔 떨고는 뒤로 물러났다.

하지만 공격권에서 벗어난 장봉의 흑의인은 기합성을 터뜨리면서 진양의 뒤를 공격했다. 본래 이들의 무공은 하나같이 재빠르고 민첩했기에 결코 만만한 상대가 아니었다.

진양은 미처 몸을 돌려 피하지 못하고 등에 봉을 그대로 얻어맞고 말았다. 아무래도 급하게 세 명을 상대하려니 손발이 어지러울 수밖에 없었던 것이다.

하지만 그 순간 진양의 몸에서 호체신공이 발동했다. 물론 진양 역시 이를 믿고 검부터 상대한 것이었다.

봉을 후려친 흑의인은 손목을 타고 전해지는 공력에 깜짝 놀라서 봉을 놓치고 말았다. 그가 비틀거리며 물러나자 검을 든 흑의인들이 영문을 몰라 어리둥절한 표정이 됐다.

그때 계단 위의 혈사전에서 위사령의 목소리가 쩌렁쩌렁 울렸다.

"양 아우! 우린 모두 대피했네! 자네도 어서 올라오게!"

진양은 곧바로 몸을 돌리고 계단을 따라 달려 올라갔다. 계단은 대여섯 명이 나란히 올라갈 수 있을 정도였는데 상당히 높았다.

진양이 혈사전 마당에 올라서고 보니 과연 혈사채 무인들이 모두 모여 있었고, 흑표와 도장옥, 그리고 정여립까지 어느새 도착해 있었다.

도장옥과 정여립은 뒤늦게 암벽 위에 다다라서 흑표가 부상자들을 데리고 혈사전으로 가는 것을 보고 대략의 계책을 눈치챘던 것이다.

위사령이 양손을 맞잡아 흔들며 소리쳤다.

"양 아우! 자네들이 만약 도와주지 않았더라면 위기를 면치 못했을 걸세! 고맙네!"

그가 허리까지 숙이며 감사를 표하자 진양은 얼른 손사래를 쳤다.

"그리 감사하실 것까지는 없습니다."

그러자 한쪽 곁에 서 있던 정여립이 코웃음을 쳤다.

"당연히 감사할 것까지 없지! 어차피 우리는 당신들을 추궁하러 왔으니까! 우리의 뜻에 조금이라도 어긋난다면 당신들을 가차없이 죽일 것이다!"

그 말에 위사령을 비롯한 혈사채 무인들의 안색이 싸늘하게 변했다.

하지만 이미 받은 도움도 있고 상황이 급박한지라 섣불리 나서서 대거리를 하진 않았다.

진양 역시 정여립의 말투가 여간 마음에 안 드는 게 아니었다.

'이제 조금 있으면 자초지종을 들을 수 있을 터인데 꼭 저런 식으로 말을 해야 할까? 정 표두는 정말 도량이 넓지 못한 것 같구나.'

하지만 혈사채 무인들 중에도 진양 일행을 탐탁지 않게 생각하는 자들이 많았다. 우선 도움을 받긴 했지만 금룡표국이 혈사채에 호감을 가지고 나섰을 리는 만무했다.

그때 검은 머리카락을 어깨 아래까지 길게 늘어뜨린 사내가 불쑥 나섰다. 그는 눈매가 매우 가늘어서 차갑고 날카로운 인상을 풍기는 남자였다. 나이는 정여립보다도 조금 어릴 듯했다.

"우리는 꺾어질지언정 부러지진 않는다. 어차피 당신들이 우리와 싸울 목적으로 왔다면 지금이라도 덤벼라!"

그가 양손에 든 쌍검을 휙 저었다. 그러자 검날에 묻어 있던 피가 바닥에 흩뿌려졌다.

그 기세에 정여립이 움찔 떨었지만, 자세히 보니 상대는 자잘한 부상을 많이 입은 데다 오랫동안 치른 싸움으로 기력을 꽤 소진한 듯 보였다. 이에 정여립이 검을 뽑아 들고 소리쳤다.

"흥! 고작 도적놈들 따위가 겉멋만 잔뜩 들었구나! 오냐, 이 자리에서 네놈들을 모두 죽여주마!"

그러자 지켜보고 있던 혈사채 무인들도 욕지기를 쏟아내며 엉기적거리며 일어났다.

이때 도장옥이 얼른 나서서 소리쳤다.

"정 표두! 경거망동하지 말게!"

"도 표두님은 이놈들이 우리 표사들과 쟁자수들을 무참히 죽이는 것을 보지 못했습니까?"

"봤지. 하지만 지금은 복수를 따질 때가 아니야."

도장옥이 진중한 표정으로 말하자, 정여립도 더 이상은 대꾸하지 않고 검을 거두었다.

잠시의 소란이 어느 정도 진정되자 진양이 계단 쪽으로 가서 보았다.

혈사전 아래에는 흑의인들이 모여서 웅성이고 있었다.

그들 역시 계단이 좁고 높아서 함부로 오르진 못하고 기회를 엿보고 있는 듯했다.

그때 위사령이 진양 일행을 향해 소리쳤다.

"지난번 금룡표국을 친 것은 바로 저들의 사주였소!"

갑작스런 말에 진양 일행이 놀란 표정으로 그를 보았다.

하지만 정여립이 발끈해서 소리쳤다.

"흥! 그걸 우리보고 믿으라고 하는 소리요? 이제 와서 죽게 생겼으니 별 수작을 다 부리는군! 당신들이 한 짓을 저자들에게 뒤집어씌워서 우리가 해결해 주길 바라는 것이겠지?"

"아니오! 물론 우리가 금룡표국에 저지른 짓은 용서받지 못할 일이라는 것을 잘 알고 있소! 하지만 이것만은 분명한 사실이오! 저들은 우리에게 표국을 습격하라고 사주했고, 그 일을 실패하자 이제 우리의 입막음을 하러 온 것이오!"

진양 일행이 서로를 번갈아보았다.

위사령의 말이 나름대로 일리가 있어 보였던 것이다. 진양은 위사령에게 다가가서 물었다.

"그런데 그때 위 선배는 어떻게 마차에서 탈출할 수 있었던 겁니까?"

위사령이 고개를 저었다.

"복면을 쓴 자가 와서 밧줄을 끊어주었는데, 누군지는 나도 모르겠네."

그러자 다시 정여립이 소리쳤다.

"앞뒤가 맞지 않잖소? 저들이 당신을 구해주었는데 이제 와서 왜 죽이려고 한단 말이오?"

"내가 잡혀가면 당신들에게 저들의 정체를 다 말할까 봐 겁이 났던 거겠지!"

이 역시 듣고 보니 어느 정도 일리가 있는 말이었다.

한데 진양이 생각하기에 조금 이상한 점도 많았다. 저들이 정말 위사령을 구해주었다면 그날 왜 표행을 습격하지 않았을까? 그 당시 표행은 도장옥과 정여립, 그리고 유설밖에 없었는데 말이다.

그러나 위사령의 표정이나 눈빛을 보면 그가 결코 거짓을 이야기하는 것 같지는 않았다.

그때 계단 아래에서 고함 소리가 들렸다.

"귀하들은 어디서 오신 고인이기에 우리를 방해하는 것이오?"

목소리가 장내에 쩌렁쩌렁 울리는 것이 내공이 꽤나 심후한 자임이 분명했다.

진양이 계단으로 걸어가서 소리쳤다.

"우리는 응천부 금룡표국에서 왔소! 귀하들은 누구시오?"

이번에는 진양의 목소리가 장내에 쩌렁쩌렁 울렸다. 모두들 진양의 목소리를 듣고 내심 감탄을 금할 수 없었다.

'나이도 어린 것 같은데 내공이 순후하기 이를 데 없구나!'

모두 같은 생각을 하고 있는데, 다시 아래에서 목소리가 들렸다. 목소리는 이미 금룡표국의 정체를 짐작하고 있었던 것인지 별로 놀란 기색도 없었다.

"우리는 혈사채와 쌓인 은원을 풀러 온 사람들이오! 귀하들은 방해하지 말아주시오!"

진양은 그들이 정체를 밝히지 않는 것을 보고 위사령의 말에 신빙성이 있다고 생각했다.

진양이 주변을 가만 둘러보니 혈사채의 무인 중 기력이 성한 사람은 단 한 사람도 없었다. 보아하니 이들은 밤이 새도록 저들과 혈전을 벌인 것이 틀림없었다.

어쩌면 어젯밤 복면인들이 객점에서 자신들을 습격했을 때, 이미 또 다른 무리가 혈사채를 동시에 습격한 것일지도 몰랐다. 둘 중 어느 한쪽이라도 멸해 버린다면 정체가 발각되는 것을 일단 막을 수 있을 테니까.

'어쨌든 지금은 혈사채가 전멸하도록 내버려 둘 수 없겠다. 가장 좋은 방법이라면 저들 중 한 명이라도 사로잡아서

대질시키는 것이겠지. 그리고 정말 놈들이 어제 객점을 습격한 자객과 같은 무리라면 도 표두님을 치료할 수 있는 해독약을 가지고 있을지도 몰라.'

생각을 마친 진양이 계단 몇 칸을 성큼성큼 내려가서 소리쳤다.

"우리도 혈사채에 볼일이 있으니 손님들은 잠시 기다려 주시오."

"흥! 우리가 먼저 왔는데 어째서 기다리라는 것이오? 당장 물러들 나시오!"

"굳이 지금 은원을 풀어야겠다면 나부터 꺾으시오! 내가 패한다면 당신들이 무얼 하든 상관하지 않겠소!"

"결자해지(結者解之)! 매듭은 묶은 자가 나와서 풀어야 할 일이 아니겠소?"

"그렇다면 우리도 혈사채와 풀어야 할 매듭이 있으니 순서를 양보할 수가 없겠소!"

이쯤 되자 흑의인들은 난감한 표정을 지었다.

그들은 자기네들끼리 뭔가를 한참 수군거리더니 이내 무리에서 나이가 지긋한 노인이 걸어나왔다.

"좋소! 내가 귀하에게 한 수 가르침을 받아보지! 하지만 만약 귀하가 패한다면 군말없이 물러나야 할 것이오!"

"한 입으로 두말하지는 않겠습니다. 올라오시지요!"

"그전에! 여기서 내가 올라가면 계단 아래에서 싸워야 하니 불리한 것이 아니겠소? 공평하게 같은 위치의 계단에서 싸움을 시작하는 것이 어떻겠소?"

"좋습니다!"

진양이 대답하고 나자 도장옥이 다가왔다.

"양 소협, 괜찮겠소?"

"걱정 마십시오. 지금으로서는 이게 최선의 방법입니다."

도장옥이 희미하게 고개를 끄덕였다.

진양의 말대로 달리 방법이 없었다. 그나마 일찌감치 유리한 고지를 점해서 위기를 넘길 수 있는 것만으로도 다행이라면 다행이었다.

흑표가 다가왔다.

"내가 나서보겠소."

"아닙니다. 흑 형께서는 어제 다친 상처가 있지 않습니까? 우선 제가 막아보겠습니다."

그 말에 흑표는 아무 말 하지 않고 물러났다. 진양을 믿기 때문이었다. 그는 이미 대련을 통해서 진양이 얼마나 강한지 확인한 바 있었다.

반면 혈사채 무인들로서는 사실 진양이 썩 미덥지만은 못했다. 그의 진정성이 의심되어서가 아니라 그의 실력에 고개를 갸웃거린 것이다. 상대는 기껏 해봐야 약관도 지나지 않았을 소년이 아닌가. 과연 저 소년이 혼자의 힘으로 흑의인들을 상대할 수 있겠는가?

혈사채 무인들은 이왕이면 경험이 풍부한 도장옥이 나서 주거나 강한 인상을 풍기는 흑표가 싸워주길 바란 것이다. 하지만 도움을 받는 입장에서 어찌 그런 말을 입 밖으로 낼 수 있으랴.

그때 위사령이 진양에게 자신의 도를 집어 던졌다.

"무기가 없다면 이걸로 싸워주게! 그래도 제법 쓸 만할 걸세!"

진양이 얼른 손을 뻗어 낚아챘다.

과연 이리저리 휘둘러 보니 공기를 가르는 도날에 제법 예기가 서려 있었다.

"고맙습니다, 위 선배님."

"잘 부탁하네."

위사령도 어쨌거나 이제는 진양에게 목숨을 걸어야 할 상황이었다.

그가 옛 감정은 잊고 진양에게 고개 숙여 말했다.

진양은 가볍게 목례를 해 보이고는 계단을 내려갔다.

진양과 노인은 계단 중간쯤에서 서로 마주 섰다. 계단 양쪽으로는 돌로 만든 난간이 이어져 있었는데, 대략 허리춤까지

오는 높이였다.

진양이 양손을 맞잡고 고개를 숙였다.

"불초 후배, 노 선배께 한 수 배워보겠습니다."

"흥!"

노인은 그저 콧방귀만 뀌고는 고개를 돌려 버렸다.

진양이 천천히 자세를 잡으며 난간까지 물러났다. 역시 지둔도법의 기수식이었다.

노인은 허리춤에서 연검(軟劍)을 꺼냈다. 가늘고 예리한 검날이 낭창낭창 휘어졌다. 일순 노인이 검에 공력을 주입하자 연검은 마치 쇠막대기처럼 꼿꼿하게 펴졌다.

진양은 천천히 보법을 밟았다. 역시 느린 움직임 속에서 상대를 궁지로 내모는 지둔도법의 보법이었다.

노인은 한눈에 진양의 움직임이 예사롭지 않다는 것을 파악했다.

'흠, 느린 듯이 보이지만 한보 한보가 몹시 치밀하구나. 섣불리 나섰다간 역공을 당할 수도 있겠다.'

노인은 계속해서 계단을 올랐다가 내려가기를 반복했다. 처음에는 계단 위쪽에서 아래를 공격하는 것이 쉬울 것이라 생각했지만, 지둔도법의 보법이 워낙 정교하고 교묘하여 마냥 유리할 것만은 아니라는 판단이 선 것이다.

'위에 있으면 하반신을 방어하기가 난감하다. 하지만 밑에

있으면 힘이 부족해진다. 차라리 나란히 서 있는 게 가장 좋겠군.'

노인이 그런 생각을 굴리고 있을 때, 진양이 곧장 도를 뻗어왔다.

쐐에엑!

"헛!"

노인이 깜짝 놀라서 헛바람을 삼키며 껑충 물러났다.

하지만 좁은 계단에서 물러날 공간이라고 해봐야 한계가 있었다. 그래서 노인은 난간 위로 두 발을 올려놓았다.

진양은 곧바로 내뻗은 도를 위로 솟구쳐 올렸다. 그 기세가 매우 날카롭고 강맹했다.

노인이 얼른 연검을 후리며 옆으로 몸을 피했다. 연검이 낭창거리는 소리를 내며 진양의 도를 휘어 감았다가 밀어내듯 풀어버렸다.

노인은 내심 가슴을 쓸어내렸다.

'저놈이 사용하는 도법이 매우 요상하구나. 느린 듯하면서도 순간적인 빠름이 있다.'

아무래도 겉으로 보기에 느리면 무의식중에 마음을 놓게 마련이다.

노인은 정신을 바짝 차렸다. 눈으로 보이는 것에 현혹되어서는 안 된다. 가장 위험한 것은 보이지 않는 이면에 있다는 것을 그는 오랜 세월의 경험으로 잘 알고 있었다.

타앗!

순간 진양이 다시 도를 앞세우며 쇄도했다. 노인은 얼른 몸을 날려 다시 난간 위로 착지했다.

콰장!

진양의 도가 노인이 있던 바닥을 내려치면서 돌계단의 파편이 사방으로 튀어 날았다.

바로 철우격산 초식의 위력이었다.

관람자들이 그 무시무시한 힘에 저마다 혀를 내둘렀다.

노인은 그 순간 몸을 훌쩍 날리더니 진양의 어깨를 연검으로 내려쳤다.

찰나 진양의 몸이 계단 아래로 넘어질 듯 빳빳하게 선 자세에서 휘청 넘어갔다. 사람들은 진양이 그대로 중심을 잃고 쓰러지는 줄만 알았다.

"앗! 위험……!"

한데 연검이 그 위를 아슬아슬하게 스치고 지나가자, 진양은 무릎도 굽히지 않은 채 거짓말처럼 일어났다. 그 모습이 마치 귀신의 움직임을 보는 듯해서 관람자들은 저마다 경탄해마지 않았다.

"정말 대단하군!"

"관절을 굽히지 않고 오로지 내력을 운용해서 피하다니!"

한편 연검을 휘두른 노인 역시 놀라기는 마찬가지였다. 진양이 사용하는 이 도법은 도무지 종잡기가 힘들었다. 몹시 느려 보이면서도 어느 순간 정곡을 빠르게 찔러오는가 하면, 동작이 커 보이면서도 쉽사리 비집고 들어갈 틈이 없었다.

진양은 상체를 세우는 것과 동시에 재빨리 도를 가로로 후려쳤다. 노인이 얼른 연검을 거꾸로 세우며 진양의 도를 막았다. 그러자 연검이 휘어지면서 도를 뱀처럼 감아 올라왔다. 자칫하면 진양의 팔꿈치가 그대로 검봉에 찔릴 수 있는 상황이었다.

진양이 얼른 왼손을 들어 손가락으로 연검을 튕겨냈다.

따앙!

연검이 다시 휘어지며 감았던 도를 놓았다.

한편 노인은 검날을 타고 전해지는 진양의 공력에 온몸이 찌릿찌릿 울렸다.

그제야 계단 아래에서 서투른 언어로 외치는 소리가 들렸다.

"조심하십시오, 천 형! 놈의 공력이 생각보다 뛰어납니다!"

진양이 흘깃 돌아보니 좀 전에 자신에게 손목이 잘린 낫을 든 무인이었다.

노인은 이미 연검을 통해 진양의 공력을 간접적으로나마 느껴서 잘 알고 있었다.

'쳇! 진작 알려줄 것이지!'

노인이 몸을 훌쩍 날리더니 진양과 거리를 떨어뜨렸다. 될 수 있는 한 공력의 영향을 받지 않기 위해서 접근전을 피할 생각이었다.

곧이어 노인이 연검을 후리며 진양에게 쇄도했다.

하지만 지금까지와는 달리 적당한 거리를 유지한 채 더 가까워지지는 않았다. 여태까지는 검신에 공력을 주입해서 검날을 주로 꼿꼿하게 세워서 싸웠다면, 지금은 공력을 조절해서 검날이 그의 뜻에 따라 이리저리 마구 휘어졌다.

취리링! 취리링!

노인의 검신이 진양의 도를 살짝살짝 스치면서 날카로운 소리를 울렸다. 어찌 들어보면 마치 뱀의 울음소리처럼 들리기도 했다.

실제로 노인이 사용하는 초식은 바로 구두독사(九頭毒蛇)라는 것이었다. 이 초식을 사용하면 검날이 빠르게 휘청거리면서 여러 가닥으로 보이게 되는데, 이는 마치 머리 아홉 달린 독사가 혀를 날름거리고 있는 모습 같다 하여 붙여진 이름이었다.

구두독사의 또 하나의 특징이라면, 정말 뱀의 움직임처럼 검공이 펼쳐진다는 것이다. 구두독사는 결코 검날을 이용해서 공격하지 않는다. 대신 검봉으로만 공격하여 상대의 혈도를 찍는 것이 특징이다. 이때의 움직임을 보면 마치 뱀이 잽싸게 먹이를 무는 것과 닮았다.

취리링! 취리링!

노인의 연검이 정신없이 진양을 내찔렀다.

아홉 개의 뱀 대가리가 여기저기서 요혈을 노리며 찌르고 빠지기를 반복했다.

이런 초식을 막기에는 풍우정혈이 제격이었다.

두 사람이 도검을 맞대고 수십 합을 겨루자, 관람자들은 일제히 갈채를 터뜨렸다. 아군이고 적군이고 할 것 없이 모두 두 사람의 무공에 감탄해마지 않았다. 특히 혈사채 무인들은 미덥지 않던 진양이 이 정도로 싸울 줄이야 전혀 상상도 하지 못했다. 한데 지금 보니 놀라운 실력의 소유자가 아닌가.

진양은 구두독사 초식을 풍우정혈 초식으로 막아내면서 연신 궁리를 거듭했다. 이대로 계속 공방이 이어진다면 언젠가는 방어가 뚫릴 수도 있었다. 풍우정혈은 베어 들어오는 공격을 막기에는 부족함이 없었지만, 찔러 들어오는 공격을 막아내기에는 아쉬운 부분이 없지 않아 있었다.

'이제 어쩐다?'

고민을 거듭하던 진양은 한 가지 생각이 머릿속을 스쳤다. 조금 전 철우격산 초식을 사용했을 때가 떠오른 것이다.

'좋아! 다시 한 번 해보자!'

만약 지금 풍우정헐 초식을 거두고 철우격산을 사용한다면 진양으로서는 상당히 위험한 도박이나 다름없었다. 비유하자면 화살이 무더기로 쏟아지는 상황 속에서 유일한 방패를 걷어치우고 대포를 준비하는 격이나 다름없었으니까.

하지만 이 난관을 벗어날 수 있는 방법이 그 이외에는 없을 듯했다.

취리링! 취리링!

연검이 연신 뱀 울음을 토하는 가운데 진양이 일순 양손을 활짝 펼치며 풍우정헐 초식을 풀어버렸다.

오히려 갑작스럽게 대담한 자세를 취하자 필사적으로 몰아붙이던 노인이 주춤거렸다. 혹시나 자신이 인지하지 못한 위험 요소가 있을까 싶었던 것이다.

하지만 이 모든 것이 진양의 무모함에 가까운 도박일 줄이야 누가 알았을까?

진양은 찰나지간에 생겨난 그 빈틈을 놓치지 않고 곧장 철우격산 초식을 펼쳤다.

슈아아앙! 꽈당!

그가 공력을 담아 내려친 도가 계단에 박히자 사방으로 파편이 튀어 올랐다.

"크읏!"

노인은 그제야 자신의 실수를 깨닫고는 연검을 휘둘러 파편을 쳐냈다.

탕! 타탕! 탕!

그 순간 노인은 자신의 앞으로 쇄도하는 그림자를 보았다.

슈우욱!

진양이 손바닥으로 일장을 후려쳐 왔다.

너무나 가까웠기에 노인으로서는 결코 피할 수 없었다. 그렇다고 고스란히 얻어맞을 수도 없는 노릇이 아닌가. 결국 노인은 어쩔 수 없이 장을 뻗어 맞부딪쳐 갔다.

퍼엉!

두 사람의 장이 부딪치면서 폭음에 가까운 소리가 터졌다. 돌가루가 이들 주위를 자욱하게 메우고 있으니, 관람자들은 한동안 상황이 어찌 돌아가는지 제대로 볼 수가 없었다.

먼지가 서서히 걷히고 나자 여전히 장을 맞대고 있는 두 사람이 보였다.

"어떻게 된 거지?"

"누가 이긴 거야?"

관람자들이 수군거리면서 두 사람을 보았다.

진양과 노인은 석상처럼 마주 보고 서 있었다. 그러던 어느 순간,

"큭! 쿨럭!"

노인이 선지피를 왁 토하며 무릎을 털썩 꿇었다.

"우와아!"

혈사채 무인들이 일제히 함성을 내지르며 박수를 쳤다. 진양을 바라보는 그들의 눈에는 경외감으로 가득 차 있었다.

반면 흑의인들은 꽤나 충격을 받은 표정이었다. 그들은 심각한 표정으로 서로를 바라보았다.

그때 진양이 얼른 손을 내뻗어 노인의 혈을 짚었다. 만에 하나라도 기습을 가하거나 달아날 것을 사전에 막기 위함이었다.

"노 선배의 무공에 진심으로 감탄했습니다. 후배가 운이 좋았습니다."

진양이 포권지례를 하며 말했다.

사실 진양의 내공이 심후하다고는 하나 일평생을 수련한 노인과 비교하면 아주 큰 차이라고는 할 수 없었다. 그럼에도 단 일 장을 마주치고도 그가 승세를 잡을 수 있었던 것은 왜일까.

얼마 전 진양은 매지향에게 갖은 고초를 당해야 했다. 그녀가 독을 치료하는 대신 몸의 경맥을 침으로 마구 들쑤셔 놓았기 때문이다.

한데 그 지독한 고문이 오히려 몸 전체를 더욱 단단하게 만들어줄 줄이야 누가 알았으랴.

자양진기의 가장 큰 특징은 몸 전체에 진기가 고루 퍼져서 녹아 있다는 것인데, 이를 몰랐던 매지향은 오히려 진양의 내공을 더욱 두텁게 해주고, 그의 근골을 한층 탄탄하게 만들어 준 격이 됐던 것이다.

이런 기막힌 기연은 진양으로서도 눈치채지 못했던 것이다. 다만 이번 일장을 통해 내공이 한층 더 두터워졌다는 것을 막연히 느낄 뿐이었다.

한편 노인은 낭패한 기색으로 아무런 대꾸도 하지 않았다. 어쩐지 그는 몹시 불안한 눈치였다.

진양이 우선 그를 안심시키기 위해 부드러운 어투로 달랬다.

"걱정하지 마십시오. 노선배께 더 이상의 무례를 저지를 생각은 없습니다. 단지 몇 가지 묻고 싶은 것이 있을 따름입니다."

그때 흑의인 중 중년인 한 명이 계단을 저벅저벅 걸어 올라왔다. 두 눈이 움푹 들어가고 광대뼈가 툭 불거져 나온 얼굴이었다. 그의 태도가 워낙 담담했기에 진양도 특별히 경계하지 않았다.

중년인이 입을 열었다.

"천 형이… 하면… 대사를… 테니… 미안……."

진양이 들어보니 중년인의 탁한 목소리가 매우 희미해서 제대로 알아들을 수가 없었다. 다만 그 목소리가 어쩐지 귀에 익었다는 생각이 들었다. 진양이 더욱 귀를 기울이며 되물었다.

"예? 다시 한 번 말씀해 주시지요."

중년인이 더욱 가까이 다가와서 입을 열었다.

"천 형, 미안하오."

순간 중년인이 품에 양손을 집어넣더니 유엽비도를 두 자루씩 꺼내어 쏘아냈다. 그 행동이 번개처럼 민첩하고 빨랐다.

쐐엑! 쐐에엑!

눈 깜짝할 사이에 네 자루의 유엽비도가 그의 손을 떠났다.

"아앗!"

혈사채 무인들이 깜짝 놀라서 비명을 내질렀다.

진양은 얼른 도를 휘둘러 비도 두 자루를 쳐냈다.

따당!

상당히 가까운 거리에서 던진 비도였기에 그 공력이 고스란히 도날을 타고 전해졌다. 그 바람에 다른 두 자루는 진양도 미처 막아내지 못했다.

한데 나머지 두 자루가 향한 곳은 진양이 아니었다.

바로 계단에 주저앉아 있던 노인을 노리고 날아간 것이었다.

푸푹!

"커억!"

비도 두 자루가 노인의 가슴에 깊숙이 박히고 말았다. 진양은 물론 혈사채 무인들까지 깜짝 놀란 표정을 지었다. 애초에 중년인은 진양이 아니라 노인의 목숨을 노린 것이었다.

진양이 다시 고개를 홱 돌려 바라보니, 어느새 중년인이 저만치 계단을 내려가고 있었다.

"가자!"

그가 흑의인들을 향해 날카롭게 소리쳤다.

그제야 진양은 중년인의 목소리를 어디서 들었는지 기억이 났다. 바로 위사령과 함께 금룡표국을 습격했고, 자신에게는 독침을 쏘아 중독시켰던 그 복면인이었다.

보아하니 그가 흑의인들의 우두머리인 듯했다.

진양이 잔뜩 화가 나서 소리쳤다.

"멈추시오!"

하지만 그 말을 들을 적들이 아니었다. 흑의인들은 마치 썰물이 쓸려 나가듯 빠르게 혈사채를 빠져나갔다. 진양이 그 뒤를 쫓으려고 하자 도장옥이 얼른 말렸다.

"양 소협, 혼자서 저들을 쫓다가 자칫 화를 당할지도 모르오. 그냥 놔둡시다."

그 말에 진양은 우선 화를 누그러뜨리고 쓰러진 노인에게 다가갔다. 맥을 짚어보니 이미 절명한 상태였다. 진양이 노인의 품을 뒤져 보니 다행히 약병 하나가 나왔다.

진양이 약병을 가지고 올라가자, 혈사채 무인들이 격렬한 박수로 그를 맞아주었다.

한편 도장옥은 턱을 괸 채 깊은 생각에 빠져 있었다.

"무슨 생각을 그리하십니까?"

"아, 저들의 정체에 대해서 잠시 고민해 보았소."

"알아내신 거라도 있습니까?"

도장옥이 고개를 저었다.

"아니. 누군지 모르겠소. 다만 저들이 왜 순순히 물러갔는지는 알 수 있을 것 같소."

"왜지요?"

"어차피 우리가 혈사채와 접촉한 이상 입막음은 실패했다고 생각했을 것이고, 밤새도록 싸운 저들이 양 소협과 흑 형을 이겨내긴 힘들 거라고 판단했겠지요."

"그럼 저 노인을 죽인 것은 역시……."

"마찬가지로 입막음을 하기 위해서일 거요. 저 노인이 혈사채보다는 많은 것을 알고 있을 테니 말이오."

"그렇군요. 참, 이건 저 노인의 품에서 찾은 것입니다. 해독약인지 당장은 알 수 없지만 우선 가지고 돌아가 보시는 게 좋겠습니다."

"고맙소, 양 소협."

"별말씀을요."

그때 문득 혈사전 앞에서 다급한 목소리가 들렸다.

"채주님! 채주님!"

고개를 돌려보니 위사령과 긴 흑발의 남자가 채주의 양손을 잡은 채 부르짖고 있었다. 채주는 이미 안색이 하얗게 질려서 간신히 숨만 내쉬고 있었다. 이에 두 사람은 채주의 손을 붙잡은 채 있는 힘껏 공력을 불어넣는 중이었다.

하지만 두 사람 역시 밤이 새도록 싸우고 난 후인지라 지친 기색이 역력했다.

사실 어느 정도 고수의 반열에 오른 자라면 위기의 순간에 두터운 공력만 보충되어도 훌륭한 응급처치가 될 수 있다. 평범한 일반인들조차 목숨이 경각에 달렸을 때 얼마나 응급처치를 잘했는지에 따라 삶과 죽음이 갈리는데 무인들이야 오죽하랴.

진양이 다가가자 마침 채주가 힘겹게 시선을 들어 바라보았다.

"식구들을… 지켜줘서… 고맙네."

그러자 위사령이 돌연 몸을 돌리더니 진양에게 넙죽 엎드려 절을 했다.

"양 소협! 채주님을 구해주시오! 내 이렇게 부탁드리겠소!"

그가 갑자기 말투까지 바꾸며 애걸하자, 진양이 당황해서 움찔 물러났다.

그때 정여립이 불쑥 나서서 검을 뽑아 들더니 고래고래 소리쳤다.

"웃기지도 않는 소리! 당신들이 우리에게 한 짓을 알고도 감히 그런 말을 내뱉는단 말이오? 지금 당장 당신네들을 갈아 마셔도 속이 시원찮을 판에 살려달라고? 흥! 어림도 없는 소리지!"

하지만 위사령은 정여립의 호통이 귀에 들리지도 않는 듯했다. 그는 진양에게 다시 매달리며 호소했다.

"채주님은 애초에 이 일에 반대했소! 하지만 내가 독단으로 저들의 제의를 받아들인 거요! 저 빌어 처먹을 놈들이 우리에게 금화 삼천 냥을 제시했소! 그래서 내가 돈에 눈이 어두워서 그만……! 양 소협, 부탁드리오! 원수를 갚으려거든 내 목을 치면 될 일이오! 채주님을 좀 살려주시오!"

정여립이 다시 나서서 소리쳤다.

"오냐! 그러면 내가 먼저 네놈 목을 치마!"

그가 검을 하늘 높이 치켜들었다. 분기탱천한 정여립의 표정을 보고 있자니 금방이라도 검이 벼락처럼 떨어져 내릴 듯했다.

그때 도장옥이 얼른 소리쳤다.

"정 표두! 경거망동하지 마시게!"

하지만 이미 그의 목소리가 끝났을 땐 검이 위사령의 목을 향해 떨어지고 있었다. 그 순간 한줄기 빛이 번쩍이더니 '깡!' 하는 쇳소리가 울리면서 정 표두가 휘청 물러갔다. 그가 고리눈을 부릅뜨고 바라보니 흑표가 검을 올려쳐 막은 것이었다.

"이게 무슨 짓이오!"

그러자 흑표가 검을 거두어들이면서 무뚝뚝하게 대답했다.

"이자에게 알아내야 할 것이 많소."

도장옥도 나서서 흑표의 편을 들었다.

"정 표두, 자네 요즘 왜 이렇게 감정적으로 변한 건가? 복수는 언제든 할 수 있다. 우리 국주님께서 복수를 못해서 이러고 계신 게 아니지 않나? 좀 차분해지시게."

이쯤 되자 정여립도 더 이상 반박하지 못했다. 대신 흑표를 한참 노려보다가 다시 위사령을 한차례 쏘아보더니 콧방귀를 뀌며 물러났다.

진양은 착잡한 마음으로 위사령과 채주를 번갈아보았다. 그의 머릿속이 복잡해졌다.

과연 진정한 의협이란 무엇이고 복수란 또 무엇인가.

이런 상황에서 자신은 채주를 살려주는 것이 옳은 일일까, 아니면 금룡표국이 복수를 하도록 방관하는 것이 옳은 일일까?

어디선가 읽은 글에 의하면, 복수는 또 다른 복수를 낳는다고 했다. 그렇다면 피해자의 한은 어찌 풀어야 한단 말인가.

그러다 보니 진양은 문득 자신의 처지가 떠올랐다. 자신 역시 부모님이 억울한 죽음을 당하지 않았는가? 하나 지금까지 복수를 생각한 적은 없었다. 그 대상이 너무 컸기 때문이다. 세상에 황제를 대상으로 복수하려는 자는 아마도 없지 않겠나.

그래서 자신은 지금 한을 품고 있는가?

모르겠다.

부모님을 잊은 적은 한시도 없지만, 복수를 하지 못해 괴로워하거나 한을 품은 적도 없었다. 그렇다고 용서를 한 것도 아니었다.

그때 다시 위사령의 목소리가 진양의 귀를 때렸다.

"양 소협! 제발 부탁드리겠소!"

진양은 바짓단을 붙들고 매달리는 위사령을 보면서 내심 숙연한 기분마저 들었다.

'이들이 비록 악한 짓을 많이 저지르고 다녔다지만, 서로에 대한 의가 이처럼 두텁구나.'

진양이 주변을 둘러보니 흑표는 무심한 태도로 서 있었고, 정여립은 금방이라도 위사령을 죽일 듯이 노려보고 있었다.

마지막으로 도장옥을 바라보니, 그는 만감이 교차하는 듯 위사령과 채주를 번갈아보았다. 그러다가 진양과 눈길이 마주치자 잠깐 머뭇거리더니 이내 고개를 끄덕여 보였다.

진양이 그 뜻을 알아듣고 채주에게 다가갔다.

그가 채주의 맥을 짚자 정여립이 그 의도를 알아채고 발끈해서 나섰다.

"뭐하는 짓이오?"

"정 표두!"

도장옥이 짐짓 엄한 목소리로 정여립을 말렸다.

"우선 이들에게서 알아내야 할 것들이 많지 않은가?"

정여립은 그래도 납득하기 힘들다는 듯 뭐라고 말하려다가 입을 다물어 버리고 말았다.

반면 위사령과 장발사내는 얼른 채주의 몸을 부축해서 돌려 앉혔다. 진양은 양손을 뻗어서 채주의 등에 손바닥을 대고 공력을 불어넣기 시작했다. 두터운 공력이 줄기줄기 흘러들어 가자 채주의 안색이 점차 돌아오기 시작했다. 그는 진양의 손을 타고 전해지는 따뜻한 공력을 온몸으로 느끼면서 천천히 운기하기 시작했다.

第六章

천의교(天義敎)

혈사채의 채주 곡전풍(曲癲風)이 머무는 혈사전.

혈사전 대청의 커다란 탁자에는 진양 일행과 위사령, 장발 사내, 그리고 곡전풍 채주가 자리에 앉아 있었다.

곡전풍은 진양에게 진기를 주입받은 뒤 안색이 눈에 띄게 호전되어 있었다. 진양의 도움으로 그가 목숨을 건지자, 혈사채 무인들은 진양에게만은 시종일관 예의 바르게 대했다. 다만 정여립에게만큼은 쌀쌀한 눈빛을 던졌다.

곡전풍은 좌중을 둘러보다가 길게 한숨을 내쉬더니 입을 열었다.

"모든 것이 내 불찰이었소. 내 식구를 제대로 돌보지 못한 것이 가장 큰 잘못이니 식구들을 대신해서 사죄하겠소. 염치불고하고 용서를 빌겠소."

그가 머리를 숙이자 위사령과 장발사내 역시 머리를 숙였다. 진양 일행이 착잡한 표정을 짓는 가운데, 정여립만큼은 콧방귀를 뀌며 시선을 외면해 버렸다.

곡전풍은 다시 장발사내와 위사령을 돌아보며 말했다.

"손님들께 인사를 드리거라."

그러자 장발사내가 먼저 일어나서 포권을 취하며 인사를 건넸다.

"혈사채 좌검부장(左劍部長) 조전(趙田)입니다."

이어서 위사령이 일어나 포권하며 말했다.

"혈사채 우도부장(右刀部長) 위사령입니다. 일전에 금룡표국에 저지른 잘못은 내 독단이었소이다. 벌을 하시겠다면 내 목숨을 취하시면 될 일입니다."

그가 비장한 목소리로 말하자 정여립이 다시 콧방귀를 꼈다.

하나 도장옥이 정중히 포권하며 대꾸했다.

"우린 오늘 원수를 갚고자 온 것이 아닙니다. 사건의 진상을 파악하고 조사하기 위함입니다. 은원을 따지는 것은 훗날 국주님께서 정하실 것입니다."

그 말에 위사령이 고개를 끄덕이고 자리에 앉았다.

혈사채는 크게 두 개의 조직으로 나눌 수 있었는데, 바로 좌검부와 우도부였다. 좌검부를 책임지고 총괄하는 자는 바로 조전이었고, 우도부의 수장은 위사령이었다.

도장옥이 곡전풍을 돌아보며 입을 열었다.

"그럼 이제 들어볼까요? 혈사채가 우리 표국을 습격했던 경위에 대해서 말입니다."

곡전풍이 다시 긴 한숨을 내쉬고는 말했다.

"모든 것을 가감없이 말씀드리겠소."

혈사채가 직례 일대에서 악명을 떨치기 시작하자 가장 먼저 일어난 변화는 경석산을 찾아오는 손님들이었다. 그중에는 혈사채에 원한을 가지고 복수를 하고자 찾아오는 사람들도 있었고, 살인 청부를 하기 위해 찾아오는 사람도 있었다.

물론 혈사채가 살문(殺門)은 아니었지만, 그들의 악명이 높다 보니 이런저런 사주가 종종 들어오곤 했던 것이다.

그러던 어느 날 혈사채에 두 명의 무인이 찾아왔다. 한 사람은 이목구비가 뚜렷하고 눈동자 색이 푸른 색목인이었고, 다른 한 명은 두 눈이 움푹 들어가고 광대뼈가 유난히 도드라진 중년인이었다.

색목인은 자신을 파비산(破費酸)이라고 소개하였고, 중년인은 종지령(鍾志靈)이라고 이름을 밝혔다. 이들은 뜻밖의 사주를 해왔다.

바로 금룡표국을 습격해 달라는 것이었다.

사실 금룡표국은 여러 강호 문파와 두터운 교분을 가지고 있었기에 함부로 건드릴 수 없는 존재였다. 뿐만 아니라 고위 관료들마저도 금룡표국을 신뢰하고 있으니, 자칫 잘못 건드리면 혈사채가 위험해질 수도 있는 문제였다.

이에 좌검부장 조전은 반대 의견을 내비쳤고, 채주 역시 거절의 뜻을 나타냈다.

하지만 파비산과 종지령은 좀처럼 물러갈 생각을 하지 않았다. 그들은 계속 채주를 설득하다가 이윽고 황금 삼천 냥을 주겠다는 파격적인 조건까지 제시했다.

그 말에 곡전풍을 비롯한 부장들은 두 눈이 휘둥그레졌다.

황금 삼천 냥이라니!

하지만 원래 떡밥이 크면 그만한 위험이 따르는 법이 아니겠는가.

먼저 냉정한 성격을 가진 좌검부장 조전이 우려를 표시했다.

하지만 위사령은 조전과 정반대의 성격이었다. 그는 충동적이면서도 다혈질적인 면모가 다분했다. 그런 그에게 황금 삼천 냥은 결코 눈 한번 딱 감는다고 보이지 않는 그런 하찮은 떡밥이 아니었다. 더구나 최근 들어 혈사채는 직례 일대에 분타를 두기 시작하면서 자금이 절실히 필요한 시점이었다. 황금 삼천 냥이면 필요한 자금을 모두 충당하고도 남아돌 만큼의 거금이었다.

하지만 그럼에도 채주 곡전풍은 일이 너무 위험하다고 판단해서 결국 거절하고 말았다.

만약 수송 물품을 빼앗는 일이라면 받아들였을지도 몰랐다.

하지만 그들이 요구한 것은 보표들을 몰살시키는 것이었다. 특히 표국에서 가장 노장으로 불리는 도장옥과 국주의 딸인 유설을 반드시 죽여 없애라는 것이었다.

물론 한 치의 실수도 없이 일을 처리한다면 문제될 것이 없겠으나 만약 실패하기라도 하면 그날로 혈사채는 벌통을 건드리는 것이나 다름없었다.

때문에 곡전풍은 파비산과 종지령이 거듭 설득하는데도 그들의 요구를 수락하지 않았다.

이야기를 듣던 진양이 고개를 갸웃거리고 물었다.

"그런데 어째서 표행을 습격했던 것입니까?"

"그것에 관해서는 우도부장이 말해줄 것이오."

곡전풍의 말에 위사령이 침울한 표정으로 입을 열었다.

"모두 내 잘못입니다."

위사령은 그날 파비산과 종지령이 돌아가자, 황금 삼천 냥이 눈앞에서 날아가 버린 듯하여 좀처럼 마음이 진정되지 않았다.

결국 그는 그날 저녁 말을 몰고 그 두 사람을 쫓았다. 그가 사람들에게 물어가며 한참 동안 달리고 나자, 마침 파비산과 종지령이 머무는 객점에 다다를 수 있었다.

파비산과 종지령은 위사령이 찾아오자 뜻밖이라는 표정이었다.

"채주님께서 마음을 돌리셨소. 나 우도부장 위사령이 이번 일을 맡게 됐소. 대신 당신들의 정체를 알려줘야 우리가 일에 착수할 수 있소이다."

그 말에 파비산과 종지령은 반색하며 일어섰다. 그들은 자신들을 천의교(天義教)에 속한 무인이라고 소개했다. 위사령은 우선 종지령과 함께 일에 착수하기로 약속했다. 그리고 표행을 습격할 날짜와 장소를 정하고 착수금으로 황금 일천 냥을 받아서 돌아왔다.

한데 정작 표행을 습격할 때 생각지도 못한 변수가 생겼던 것이다. 표행에 진양이 끼어들었고, 일이 꼬이고 만 것이다.

"천의교라……. 처음 들어보는 이름이군요."

도장옥이 진중한 목소리로 중얼거렸다. 그가 흑표를 돌아보며 물었다.

"혹시 흑 형께서는 들어본 적이 있으신지요?"

흑표가 가만히 고개를 가로저었다.

비록 많은 정보를 듣지는 못했지만 진양 일행은 천의교가 꽤 규모가 큰 집단인 것만은 어렴풋이 짐작할 수 있었다. 무엇보다 황금 삼천 냥이라는 거금을 선뜻 내걸 수 있을 만큼 재력이 막강하리라.

위사령이 주먹을 불끈 쥐며 말했다.

"그런데 그놈들은 일에 실패하자 우리 산채를 습격한 것입니다! 우리의 입막음을 하려는 것이었겠지!"

"천의교의 거점이 어디에 있는 것이오?"

"거기까지는 모르겠습니다. 그들이 워낙 쉬쉬하며 행동했기에 자세하게 물어볼 수도 없었소이다. 다만 그들은 혈사채를 나선 후 줄곧 북쪽으로 향하고 있었습니다."

"북쪽이라……."

그때 곡전풍이 말했다.

"그들은 밀교의 한 지파인 것 같소. 그들이 사용하는 무공이 여간 요상한 것이 아니었소이다. 그리고 외모로 보아 천축(天竺:인도)에서 온 자들이 꽤 보이더구려."

"밀교라……. 그럼 몽골인들의 종교인 라마교란 말씀입니까?"

라마교란 본래 티베트에서 발전한 불교로, 13세기경 원나라에 전파되어 국교로 선정된 바 있다. 라마교의 뿌리 역시 바로 밀교에서 비롯된 것이다.

하나 곡전풍은 고개를 갸웃거렸다.

"거기까지는 잘 모르겠소. 하지만 어딘지 라마교와는 또 다른 지파인 것 같았소."

"흐음, 밀교라……. 그들이 왜 우리 표국을 습격했을까?"

도장옥이 혼잣말처럼 중얼거리자 이번엔 위사령이 나서서 말했다.

"잘은 모르겠지만… 이런 이야기를 들었습니다. 금룡표국은 지금 강호의 여러 문파와 교분을 맺고 있으니 은원 관계를 이용하기에 적절하다고 말이지요. 또한 고위 관료들과도 친분이 두터운 만큼 이번 일에 가장 적합하다고 하더군요."

"은원 관계를 이용한다니……. 그럼 혹시 표행을 습격한 후 다른 문파의 짓으로 꾸미려고 했단 말이오?"

도장옥이 짐짓 노기 서린 목소리로 말하자 위사령이 미안한 기색으로 대답했다.

"일이 실패하여 확실하진 않습니다만, 종지령의 말에 따르면 그런 듯했습니다."

"그런 비열한 짓거리를!"

도장옥이 참지 못하고 주먹으로 탁자를 '쾅!' 내려쳤다. 진양 역시 위사령의 이야기를 들으며 내심 불쾌한 기분을 금할 수가 없었다.

도장옥이 노기를 억누르며 물었다.

"그래, 그들은 그럼 누구의 짓으로 꾸미려고 했단 거요?"

"그것 역시 확실하진 않으나… 아마도……."

위사령이 조심스럽게 눈치를 살피며 말을 맺지 못하자 도장옥이 재촉했다.

"아마도?"

"천상련을… 염두에 두었던 듯합니다."

"천상련이라니!"

도장옥이 깜짝 놀라서 소리쳤다.

곁에 있던 진양 역시 위사령의 말을 듣는 순간 가슴이 뛰었다. 천상련이라면 진양이 사 년의 세월 동안 몸담았던 곳이 아닌가?

한편 도장옥은 가슴이 서늘했다.

천상련이 어떤 곳인가.

당대 사파의 지존이라고도 불리는 곳이 아닌가.

하지만 아직까지 천상련과 정도 문파 사이에서는 이렇다 할 큰 사건이 없었다. 물론 각 문파마다 천상련에 대한 원망이 어느 정도씩은 존재했지만, 무림 전체로 확산될 만큼 큰 반목은 아직 없었다.

한데 천상련이 금룡표국을 건드린다면 어찌 될까?

그것도 국주의 외동딸인 유설을 해한다면?

그때는 정사대전을 감안해야 하리라.

금룡표국 자체로만 보자면 그다지 강하다고 볼 수도 없다. 겨우 중소 문파와 어깨를 나란히 견줄 정도일 것이다.

하지만 금룡표국을 무시할 수 없는 이유는 바로 인맥 때문이다. 그들은 강호의 여러 문파와 고루 두터운 교분을 쌓고 있고, 권문세가들과도 친분이 돈독하다. 때문에 금룡표국을 도발하는 것은 무림의 핵심을 건드리는 것이요, 공권력의 핵심을 건드리는 것이기도 했다.

만약 그들의 계획대로 그날 양진양이 나타나지 않고 유설을 비롯한 보표들이 모두 죽었다면 틀림없이 강호에는 한차례 피바람이 몰아쳤을 것이다. 그 참상은 아마도 필설로는 형용하기 힘들 정도가 되리라.

원래 큰 강도 사실은 술 한 잔 크기의 작은 옹달샘에서 시작한다고 하지 않던가.

결국 천의교가 노린 것은 국주의 딸이 아닌, 정사대전을 일으킬 속셈이었으리라.

여기까지 생각이 미치니 도장옥은 등골이 서늘하고 식은

땀까지 흐르는 듯했다.

그때 흑표가 착 가라앉은 눈빛으로 위사령을 보았다.

"한 가지 이해되지 않는 점이 있소."

"무엇이오?"

"그들은 금룡표국이 고위 관료들과 친분이 두텁기 때문에 그 일에 적합하다고 했는데… 그건 무슨 뜻이오?"

아무래도 흑표는 그들이 말한 '고위 관료'를 호위하는 사람이었기에, 다른 무엇보다도 이 부분이 가장 신경 쓰였던 것이다.

하지만 위사령은 고개를 설레설레 저었다.

"그것까지는 나도 모르겠소이다. 다만 그들이 그렇게 말을 했으니 난 그대로 옮긴 것뿐이오."

위사령의 대답을 끝으로 좌중은 무거운 침묵에 휩싸였다.

진양 일행은 이번 일의 배후에 생각보다 무서운 음모가 도사리고 있다는 사실에 다시 한 번 놀랐다.

처음에는 그저 금룡표국에게 원한을 품은 누군가가 시킨 일일 것이라고 여겼다. 한데 생전 처음 듣는 밀교가 나왔고, 그 뒤에는 엄청난 음모가 도사리고 있는 것이 아닌가.

도장옥은 이 모든 사실을 표국으로 돌아가서 국주님께 알려야겠다고 생각했다.

그가 자리에서 일어나며 말했다.

"말씀 잘 들었소이다. 그럼 우리는 그만 응천부로 돌아가 보겠습니다. 사안이 가볍지 않은 만큼 서둘러야겠군요. 그 외의 은원 관계에 대한 것은 국주님과 상의한 후에 다시 찾아뵙든지 하겠소이다."

도장옥이 자리를 정리하며 길을 서두르자 아무도 그를 막지 않았다.

진양 일행이 혈사채를 서둘러 나오자, 곡전풍을 비롯한 혈사채 무인들이 산 아래 입구까지 내려와 배웅을 해주었다. 진양 일행이 말에 오르려고 할 때, 곡전풍이 진양에게 다가가 말했다.

"양 소협, 우리 혈사채는 그대를 은인으로 대할 것이오. 혹여 우리의 도움이 필요하거든 언제든 말하시오."

그러자 뒤에 서 있던 위사령과 조전이 동시에 무릎을 꿇으며 양손을 맞잡았다. 이어서 혈사채의 무인들 모두가 무릎을 꿇고 포권하며 한목소리로 외쳤다.

"양 소협을 은공으로 섬기겠습니다!"

이들이 이렇게까지 나오자 진양은 괜히 민망해져서 낯빛을 붉혔다.

반면, 정여립은 코웃음을 치고는 말에 올랐다.

진양이 적당한 말로 답례하고는 말에 오르자, 일행은 서둘러 산을 내려가기 시작했다. 이미 해가 떨어지기 시작할 무렵

이었지만, 진양 일행은 쉬지 않고 말을 달렸다.

진양 일행은 말이 지치지 않도록 속도를 조절하면서 웅천부를 향해 쉼없이 달렸다. 그들이 웅천부 인근에 다다랐을 때는 동녘에서 아침 해가 서서히 떠오르고 있었다.

밤이 새도록 달려왔더니, 말들은 점점 지쳐서 자연 속도가 느려졌다. 그럼에도 지친 기색 하나 없이 가장 앞서서 달리는 말이 있었으니 바로 진양이 타고 있는 흡혈마였다. 겉모습은 영락없이 비루먹은 말인데, 시종 지치지 않고 달리는 기색으로 보아서는 매우 뛰어난 준마가 틀림없었다.

내기를 운용할 수 없는 도장옥은 누구보다도 빨리 지쳤다. 다른 사람들보다 뒤떨어져서 말을 몰던 그는 언뜻 눈이 부시는 아침 햇살 때문에 고개를 들었다.

마침 가장 앞서 가는 진양의 뒷모습이 그의 눈에 들어왔다. 바람을 맞으며 말을 모는 진양의 뒷모습은 그야말로 늠름하기 그지없었다. 게다가 아침 햇살이 진양을 정면에서 비추고 있으니 그 뒷모습이 더욱 의젓하고 멋있어 보였다.

도장옥은 문득 품에 손을 넣고 진양이 자신에게 건네준 약병을 만져 보았다. 그는 혈사채에서 진양이 상대를 내공으로 쓰러뜨리던 모습을 다시 상기해 보았다.

'젊은 나이에 내공이 심후하고 의협심까지 갖추었으니 정

말로 영웅의 면모를 가지고 있구나. 어쩌면 우리 아가씨와 잘 어울릴지도……'

도장옥은 이런 생각을 하며 괜히 흐뭇한 마음에 빙그레 미소를 지었다.

그는 얼른 말을 몰아 진양의 곁으로 다가갔다.

"양 소협, 아무래도 그 말이 뛰어난 준마인가 보오. 시종 지친 기색을 보이지 않는군요."

"성질이 좀 난폭하긴 하지만 괜찮은 녀석이지요."

진양이 말갈기를 쓰다듬으며 대꾸하자, 말이 마치 그 소리를 알아듣기라도 하는 듯 '푸르릉' 하고 콧김을 뿜었다.

도장옥은 고개를 끄덕이며 진양을 바라보았다. 그러다가 문득 무슨 생각이 들었는지 입을 열었다.

"한데 양 소협께서는 어째서 무기를 가지고 있지 않소?"

"제가 아직 무공을 익힌 지 얼마 되지 않아 마땅한 무기를 가지고 있지 않습니다."

도장옥은 그저 진양이 겸손하게 말을 하는 것뿐이라고 여겼다.

"하하, 양 소협은 참으로 겸손하구려. 하지만 늘 싸울 때마다 맨손으로 임할 수는 없을 테니 적당한 무기를 하나 장만하시는 것이 어떻소?"

진양이 고개를 끄덕였다.

실은 진양도 응천부로 돌아오는 내내 그 생각을 하고 있었다. 지난번 흑표와 대련할 때도 적수공권으로 싸우다가 위기를 맞이했고, 이번에도 무기가 없어 위사령의 도를 빌리지 않았는가.

하지만 아무리 생각해도 어떤 무기를 사용하면 좋을지 도통 감이 오지 않았다. 그나마 가장 깊이 익힌 무공은 지둔도법이지만, 그 외에도 진양은 십절류의 검법을 사용할 수 있었다. 게다가 얼마 전에는 월야검법도 익히지 않았던가? 물론 이 검법들은 다른 문파의 무공이니 아무 데서나 함부로 쓸 수는 없겠지만, 위기가 발생하면 언제든 사용할지도 모를 일이었다. 그러다 보니 진양은 도와 검 사이에서 무엇을 선택하면 좋을지 알 수 없었다.

진양이 도장옥에게 말했다.

"저는 아직 무학이 깊지 않아 도무지 어떤 무기를 골라야 좋을지 모르겠습니다. 도 선배님이라면 제게 어떤 무기를 추천해 주시겠습니까?"

"하하, 지나친 겸손은 실례가 될 수도 있는 법이 아니겠소? 양 소협은 정말 겸손이 지나치구려. 그러지 말고 응천부에 도착하거든 병기포(兵器鋪)라도 가서 찬찬히 살펴보시구려. 당장 쓸 만한 것을 구해서 사용하다 보면 언젠간 양 소협에게 맞는 무기가 나타날지도 모르지 않소."

진양이 고개를 끄덕이곤 대답했다.

"알겠습니다. 그럼 병기포에 들러서 한번 알아보도록 하지요."

"잘 생각하셨소."

도장옥이 싱긋 웃으며 대꾸했다.

두 사람은 두런두런 이야기를 나누며 말을 몰아갔다.

정오 무렵 그들은 응천부에 들어설 수 있었다.

진양은 도장옥 등에게 양해를 구하고 저잣거리로 향했다. 도장옥과 정여립, 그리고 흑표는 진양보다 한발 앞서 표국으로 돌아갔다.

밤새 달려오느라 허기가 진 진양은 먼저 객점에 들러 간단히 조반을 들고 다시 거리로 나섰다. 저잣거리는 여느 때와 다름없이 많은 사람들로 북적였다.

진양은 사람들에게 물어물어 병기포를 찾아내고는 그곳으로 들어갔다.

"어서 오십시오, 나리!"

콧수염이 팔(八) 자로 자란 병기포 주인이 방실방실 웃으며 다가왔다. 그는 재빠른 눈치로 진양의 용모를 위아래로 훑어보았다. 이때쯤 진양은 경석산에서 한바탕 싸움을 치르고 왔기에 그리 깔끔한 모습이 아니었다. 옷에는 먼지도 군데군데 묻어 있었고 피가 튄 흔적도 있었다.

하지만 주인은 진양이 입고 있는 옷만큼은 꽤 고가의 비단으로 지었다는 것을 눈치챌 수 있었다. 게다가 진양의 외모를 보니 아직 약관이 채 지나지 않은 것 같지 않은가.

주인이 두 손을 맞대고 삭삭 비비며 말했다.

"헤헤, 나리. 찾는 물건이라도 있으신지요?"

"아뇨. 딱히 정해놓은 건 없습니다."

'옳거니!'

병기포 주인은 내심 쾌재를 불렀다.

보통 무학이 깊은 자들은 들어오자마자 자신이 원하는 것을 단번에 이야기한다. 어떤 경우에는 병기포 주인보다도 무기에 대해서 더 많은 것을 알고 있어 곤란한 경우가 생기기도 한다.

한데 이렇듯 찾는 무기가 애매한 경우에는 병기포에서 가장 환영하는 손님이다. 아직 무학이 깊지 않은 입문자들이기 때문이다. 보통 이런 젊은이들은 겉멋이 잔뜩 들어서 겉보기에 번지르르한 물건이라면 침을 질질 흘리게 마련이다.

병기포 주인은 두 손을 '짝!' 마주치더니 아첨을 떨기 시작했다.

"과연 모든 무기를 두루 다룰 줄 아시는 모양이군요! 그럼 도를 먼저 보시겠습니까, 검을 먼저 보시겠습니까?"

"흐음, 어떤 거라도 상관없겠지요."

진양의 대답에 병기포 주인은 입이 귀밑까지 벌어졌다.

세상에 이렇게 막무가내로 무기를 찾는 사람도 있다니, 이게 웬 횡재란 말인가?

주인은 곧장 점포 안으로 들어가서 황금빛으로 도금된 휘황찬란한 검 한 자루를 들고 나왔다. 손잡이는 용의 머리가 양각되어 있었고 검집은 온통 금빛으로 빛나고 있었다.

"자아, 여기 나리께 가장 어울리는 검이 있습니다! 마침 정말 운이 좋으십니다! 저희 점포에 이런 물건이 잘 들어오지 않습니다만, 이번에 제가 특별히 구한 것이지요! 세상에 단 한 자루밖에 없는 보검이지요! 바로 용호검(龍虎劍)이라는 것입니다!"

진양은 휘둥그레진 눈으로 용호검을 바라보았다. 정말 화려하고 멋진 보검이었다. 척 보기에도 꽤 값이 나갈 것 같았다.

진양이 손사래를 쳤다.

"제게 너무 과분한 것 같습니다. 좀 더 수수한 것 없을까요?"

"이런, 무슨 말씀이십니까? 제가 장사를 오래 하다 보니 사람 보는 눈이 좀 있습지요! 나리처럼 영웅의 면모를 보이는 사람은 처음입니다! 전 나리를 딱 보는 순간 생각했습지요! 아! 용호검의 주인이 나타나셨구나!"

진양은 점포 주인이 자신을 너무 추켜세우자 마음이 여간 불편한 게 아니었다.

하지만 눈앞에 놓인 검이 그토록 귀중한 것이라고 하니 호기심이 생겼다. 물론 이 보검을 가지고 다닐 자신은 없었지만, 그토록 훌륭한 검이라고 하니 한 번쯤 자세히 구경해 보고 싶은 마음이 든 것이다.

진양은 이날까지 장사치들과 마주친 경험이 거의 없었다. 그러다 보니 점포 주인의 감언이설을 어느 정도는 곧이곧대로 들을 수밖에 없었다.

진양이 주인을 향해 넌지시 물었다.

"죄송합니다만, 이 보검을 한번 뽑아봐도 될는지요?"

진양이 관심을 보이자 주인은 손뼉이라도 치고 싶은 심정이었다. 조금만 더 부추긴다면 진양이 검을 살지도 모르겠다는 생각이 들었다.

주인이 짐짓 난처한 기색으로 말했다.

"으음, 사실 워낙 귀중한 보검이라 함부로 다른 사람의 손에 맡기는 일이 없습니다만……."

"아, 그런가요? 그런데 이런 검은 가격이 얼마나 할까요?"

"가격이야 부르는 것이 값이지요. 하지만 제가 말씀드리지 않았습니까? 나리를 보는 순간, 용호검의 주인이 나타났다는 생각을 했다고요."

'거참, 이상하군. 이 사람은 날 처음 봤으면서 어떻게 이 검의 주인이라고 생각했다는 거지?'

진양이 고개를 갸웃거리는데, 주인이 연신 침을 튀어가며 떠들었다.

"원래 보검의 가치는 쉽게 매길 수 있는 것이 아니지요. 하지만 진정한 주인이 나타났다면 보검의 가치는 무의미해지지요. 어제만 해도 이 보검을 눈독 들이는 무인이 있었습지요. 그 무인은 제게 은자 스무 냥을 주겠다고 했습니다. 물론 이 검의 가치로 말하자면 은자 이천 냥은 받아야 할 것입니다. 하지만 그 무인이 가진 돈이 그게 전부였지요. 그자는 자신이 가진 전 재산을 털어서라도 이 검을 가지고 싶었던 겁니다."

진양은 점점 점포 주인의 이야기에 빠져들었다.

"그래서 어찌 됐습니까?"

"보시다시피 보검은 여기 있습지요. 저는 그분께 팔지 않았습니다."

"역시 은자 스무 냥으로는 팔 수 없었나 보군요."

"아닙니다. 그분은 이 보검의 주인이 아니라고 생각했기 때문입니다. 저처럼 오래 장사를 한 사람은 바로 알 수 있습지요. 사람만 보고도 '아! 저자가 바로 이 무기의 주인이구나!' 하구요. 하지만 그자는 이 보검의 주인이 아니었습니다. 그래서 팔지 않았던 겁니다. 만약 그자가 이 검의 주인이었다면 저는 은자 열 냥에도 넘겼을 겁니다."

진양은 내심 이 점포 주인에게 감탄했다.

'사람을 보기만 하고도 신병이기의 주인 될 자를 알아본다니, 그야말로 안목의 깊이가 대단하구나. 옛말에 한 가지를 통달하게 되면 만 가지 도를 깨우치는 것과 같다고 하더니 이 분이야말로 그런 것이 아니겠나?'

진양이 양손을 맞잡으며 말했다.

"정말 대단하십니다. 일견에 영웅을 알아보시다니, 불초양 아무개가 감탄을 금할 길이 없습니다."

"하하, 과찬이십니다, 나리. 만약 나리께서 이 보검을 가지고 싶으시다면 제가 은자 열 냥에 드리겠습니다. 이 보검의 주인은 바로 나리입니다."

"흐음."

진양은 턱을 괴고 생각에 잠겼다.

점포 주인이 연신 자신을 추켜세우고 있었지만, 어쩐지 보검을 보면서도 썩 마음이 움직이지 않은 탓이다.

그가 망설이고 있자 주인이 얼른 말을 이어갔다.

"좋습니다! 제가 특별히 나리께 보검을 만질 수 있도록 해드리지요. 검을 뽑아보고 싶다고 하셨지요? 뽑아보십시오.

원하신다면 시험을 해보셔도 좋습니다."

"시험이라니요?"

점포 주인이 진양을 이끌고 밖으로 나왔다. 그는 점포 옆에 놓인 강철 모루를 가리켰다.

"그 칼로 저 모루를 내려쳐 보십시오. 만약 이 검이 싸구려라면 검날이 망가질 것이 아니겠습니까?"

그 말에 진양이 주먹으로 손바닥을 내려쳤다.

"아! 그렇겠군요!"

점포 주인이 의기양양한 태도로 고개를 끄덕였다.

하지만 그는 내심 진양을 비웃었다.

'물론 네놈이 무림 고수라면 검날이 상하겠지. 하지만 이제 갓 입문한 녀석이 검으로 모루를 내려쳐 봐야 흠집 하나 날까. 후후.'

물론 용호검은 보검 따위가 아니었다.

하지만 어지간한 무인들이 검을 들고 모루를 내려친다고 해서 이가 상할 정도도 아니었다. 그랬다간 검끼리 부딪치면 몇 번 싸우지도 못하고 검부터 바꿔야 하지 않겠나.

용호검은 그저 화려하게 도색된 평범한 검이었다.

진양이 검을 뽑아 들자 검날을 타고 시퍼런 검광이 번쩍였다. 진양은 모루로 다가가서 잠시 망설였다.

"정말 이걸 내려쳐도 괜찮겠습니까? 혹시라도 검이 상하면 어쩌지요?"

"무슨 말씀이십니까? 만약 검날이 상한다면 제가 나리께 한 푼도 받지 않고 그 보검을 드리겠습니다. 그 보검이 상할 리가 없지요. 아주 좋은 소리가 날 겁니다. 하하하!"

"알겠습니다. 그럼."

진양은 검을 치켜 올렸다. 그리고 오른손에 내력을 집중시킨 후 강하게 내려쳤다.

슈우우욱! 까창!

그때까지 싱글벙글 미소 짓고 있던 점포 주인의 인상이 대번에 굳어버렸다. 검을 내려친 진양도 멍한 표정으로 검 손잡이를 들어 올렸다. 그의 손에는 절반쯤 부러져 나간 용호검이 들려 있었다.

돌처럼 굳어 있던 점포 주인이 더듬더듬 입을 열었다.

"이, 이게… 대체… 어떻게……."

진양은 그 나름대로 주인에게 미안한 감정이 들었다. 자신이 희대의 보검을 부러뜨렸다고 생각한 것이다.

하지만 조금씩 시간이 지나면서 마음이 차분해지자 진양은 용호검이 그저 평범한 싸구려 검이라는 것을 눈치챘다. 그러지 않고서야 자신이 손목에 내력을 조금 실어 내려쳤다고 이렇게 맥없이 부러질 리가 있겠나?

그러나 진양은 천성이 남을 의심하지 않는 성격이라 주인이 자신을 속였다는 생각까지는 하지 않았다. 오히려 주인 역시 용호검을 희대의 보검이라고 착각해서 장만해 두었을 것이라 여겼다.

"주인장, 이걸 얼마에 들여왔습니까?"

한데 그 물음에 점포 주인은 이제 모든 것이 탄로가 났다고 생각했다. 그래서 그가 바닥에 넙죽 엎드려 절을 올렸다.

"아이고, 나리! 소인이 죽을죄를 지었습니다! 높으신 분을 몰라뵙고 제가 멍청한 짓을 했습니다요! 한 번만 용서해 주십시오!"

"그 정도로 죽을죄라니요. 누구라도 실수할 수 있는 것 아니겠습니까? 일어나시지요."

이렇게 되자 주인장은 진양의 넓은 아량에 내심 탄복해 마지않았다.

'내가 일부러 속이려고 했는데도 마음에 담아두지 않는구나. 이분이야말로 영웅의 면모를 지닌 분이 아닌가!'

물론 진양은 주인장이 일부러 자신을 속였다고는 꿈에도 생각하지 않았기에 내뱉은 말이었다. 진양이 말한 실수란, 단지 그가 훌륭한 보검을 제대로 알아보지 못했다는 것을 가리킨 말이었다.

한데 점포 주인의 입장에서는 자신이 사기 친 행각에 대해서 진양이 '실수'라고 표현한 것이라 여겼다.

주인이 연신 머리를 조아리며 말했다.

"소인, 앞으로 나리께서 원하는 것이 있다면 무엇이든 돈을 받지 않고 드리겠습니다. 언제든 주저 말고 찾아주십시오."

진양은 다시 한 번 속으로 찬탄했다.

'내게 싸구려 검을 주려고 했던 것이 미안해서 이렇게까지 하다니. 본인도 보검이 아니라는 실망감을 감추지 못할 터인데, 참으로 마음이 넓은 분이구나.'

"제가 어찌 주인장의 실수를 빌미로 그런 염치없는 짓을 할 수 있겠습니까? 오히려 놀라게 해드린 것 같아서 죄송할 따름입니다."

이렇게 되자 주인장은 또 그 나름대로 진양에게 탄복할 수밖에 없었다.

"나리, 진심으로 존경합니다. 앞으로는 절대로 이런 일이 없을 것입니다. 오늘 나리를 통해서 많은 것을 배웠습니다. 부디 다음에도 꼭 찾아주십시오. 아, 지금이라도 필요한 것이 있다면 무엇이든 말씀하십시오."

진양은 점포 주인이 지나치게 예를 갖추며 나오자 몸 둘 바를 몰랐다. 그가 괜히 시선을 어디에 둘지 몰라 두리번거리는데, 마침 길거리의 인파 속에서 낯익은 얼굴이 휙 지나갔다.

"음?"

진양이 눈을 부릅뜨고 사람들 사이를 바라보자, 아니나 다를까, 많이 보았던 얼굴이 저쪽 길모퉁이에서 자신을 가만히 쳐다보고 있는 것이 아닌가.

상대는 바로 혈사채에서 마주쳤던 종지령이었다.

종지령은 진양과 눈빛이 마주치자 얼른 몸을 돌려 사라졌다.

'저자가 여긴 왜 왔지?'

진양은 뭔가 수상쩍은 기색을 느끼고는 얼른 걸음을 옮겼다. 그러자 점포 주인이 소리쳤다.

"나리, 어딜 가십니까?"

"아, 점포에는 다시 들르겠습니다!"

진양이 대충 인사를 건네고는 빠르게 달려가자, 주인장이 목청을 높여 소리쳤다.

"나리, 몸조심하시고, 다음에도 꼭 들러주십시오!"

진양은 그 말을 듣는 둥 마는 둥 하고는 얼른 모퉁이를 돌아갔다.

한데 자신을 노려보던 종지령의 모습이 어디에 갔는지 좀처럼 찾아보기가 힘들었다. 진양이 주위를 두리번거리는데, 마침 저쪽 길모퉁이를 막 돌아서는 종지령의 뒷모습이 보였다.

'아무래도 수상하군.'

진양은 다시 그를 쫓아서 달렸다.

종지령은 곧 좁은 골목으로 들어서더니, 이윽고 인가가 드문 외곽 지역까지 달려갔다. 진양은 종지령이 북쪽 숲으로 들어가는 것을 보고는 얼른 뒤를 쫓아갔다.

숲 속으로 얼마나 갔을까?

이제는 제법 번화가로부터 멀어져서 주변은 온통 수풀이 울창하게 우거져 있었고, 굵고 높은 나무로 빽빽했다. 진양은 종지령이 풀숲을 헤집고 달리는 것을 끝내 놓치지 않았다.

이윽고 진양이 풀숲을 헤집고 뛰어나가자, 숲 사이에 제법 넓고 평평한 터가 나타났다. 그곳에는 종지령이 숨을 몰아쉬며 서 있었고, 그의 곁에 낯선 노인이 우뚝 서 있었다.

'누구지?'

진양이 멈칫거리고는 노인을 아래위로 훑어보았다. 몸이 비쩍 마르고 키가 보통 사람보다는 머리 하나쯤 더 커 보였는데, 두 눈에서는 형형한 안광이 뿜어져 나오고 있었다.

노인이 진양을 싸늘한 눈초리로 바라보더니 툭 던지듯 물었다. 그 목소리가 소름이 돋을 정도로 새되고 날카로웠다.

"저 녀석이냐?"

"예, 사부님."

종지령이 깍듯한 자세로 대답했다.

진양은 이들의 대화를 들으며 내심 놀랐다.

'종지령의 무공도 결코 만만한 수준이 아닌데, 그의 사부라면 정말 조심해야겠구나. 표정이나 말투로 보아서는 결코 내게 호의를 가진 것 같지가 않다. 일부러 나를 이곳으로 유인한 모양이군.'

사실 진양의 추측은 정확한 것이었다.

지난밤 종지령은 금룡표국이 혈사채를 찾아간다는 사실을 알고 수하들을 이끌고 혈사채를 습격했다. 물론 같은 시각 수하 네 명을 객점으로 보내 진양 일행을 암살하도록 지시했다.

하지만 결과는 완벽한 실패였다.

진양 일행을 암살하러 갔던 살수들은 오히려 한 명이 죽어서 돌아왔다. 그리고 혈사채를 습격한 일 역시 적을 섬멸하기 직전에 진양 일행이 들이닥치는 바람에 또 실패하고 말았다.

결국 종지령은 곧바로 전서를 보내 실패 사실을 상부에 보고했고, 자신은 예정대로 웅천부로 돌아와서 사부를 만난 것이다.

사부는 종지령의 모든 이야기를 들은 후 양진양에 대해서 구체적으로 물었다. 그도 그럴 것이, 종지령이 나섰던 일마다 양진양이 나타나서 훼방을 놓았기 때문이다. 모든 이야기를 들은 사부는 화가 잔뜩 나서 탁자를 '쾅!' 내려쳤다.

"흥! 그 어린것이 오지랖이 넓구나! 세상에 제 혼자 잘난 줄 아는 모양이군!"

"면목없습니다, 사부님."

사부는 종지령을 한차례 못마땅한 눈초리로 살펴보다가 말했다.

"그러게 매사에 방심하고 자만해서는 안 되는 법이다. 세상사 네 생각대로만 흘러가진 않잖느냐?"

"불초 제자, 명심하겠습니다, 사부님."

"그들은 언제쯤 응천부에 도착할 듯싶으냐?"

"만약 그들이 바로 출발한다면 내일 아침이나 정오쯤엔 도착할 것입니다."

"좋다. 우선 내가 그 양씨 성을 가진 녀석부터 한번 봐야겠다."

그렇게 해서 종지령과 사부는 진양 일행이 응천부 어귀에 나타나기를 기다렸다.

이윽고 정오쯤 진양 일행이 나타났다. 이들은 가만히 일행을 미행하며 관찰했는데, 마침 진양이 따로 떨어져 나와 저잣거리로 향하는 것이 아닌가.

원래 두 사람은 양진양이 누구인지 먼발치에서 보기만 할 생각이었다.

한데 마침 진양이 홀로 저잣거리로 들어가니 이보다 좋은 기회가 없었다.

사부가 종지령을 향해 말했다.

"잘됐다. 저 녀석을 내가 있는 곳으로 유인해 오너라."

"사부님께서 직접 손을 쓰실 생각이십니까?"

"그렇다."

"하지만 자칫 소문이라도 난다면……."

당시 시대 상황으로 볼 때 무학의 대종사가 약관도 지나지 않은 소년에게 살수를 썼다는 소문이 퍼지면 정사(正邪)를 막론하고 고개도 들지 못할 일이었다.

하지만 사부는 코웃음을 칠 뿐이었다.

"흥! 그깟 소문 좀 나면 어떻겠느냐? 그리고 너만 입을 다문다면 누가 소문을 내겠느냐? 자라날 독초라면 일찌감치 뿌리부터 뽑을 일. 여러 말 말고 어서 가거라."

"예, 사부님."

그렇게 해서 종지령은 진양의 뒤를 몰래 따라갔다가 그를 이곳까지 유인해 온 것이다.

진양은 심호흡을 하고는 두 사람 앞으로 다가가서 포권의 예를 갖췄다.

"두 분께서는 저를 기다리고 계셨는지요?"

"흥! 물어보지 않아도 보면 알 것이 아닌가?"

비쩍 마른 노인이 다시 날카로운 목소리로 대꾸했다.

진양이 정중히 되물었다.

"제게 무슨 볼일이신지요?"

"네가 하늘 높은 줄 모르고 제 잘난 멋에 설치고 다닌다기에 노부가 한 수 가르쳐 주기 위해 왔다. 듣자 하니 천하에서 가장 강한 척 행세를 한다더군!"

"당치도 않습니다. 보잘것없는 제 재주로 어찌 천하를 논하겠습니까? 강호에 군림하시는 고수들이 얼마나 많은데요."

"그래? 그럼 그 고수가 누구란 말이더냐?"

진양이 잠시 생각하다가 입을 열었다.

"천상련의 냉 련주님이라면 가히 무림일절이라고 할 만하겠지요."

"그리고?"

"소림의 방장 스님인 혜원 선사(惠元禪師)라면 역시 강호에 적수가 없지 않겠습니까?"

"흐음. 또?"

진양은 다시 생각에 잠겼다.

하지만 좀처럼 떠오르는 인물이 없었다. 사실 천상련의 련주는 자신이 사 년 동안 그곳에서 지냈으니 당연히 떠오른 인물이었다. 그리고 소림의 방장 스님에 대한 명성은 천상련에서 지내는 동안 공소부에게 몇 번 들은 적이 있었다.

하지만 공소부 역시 일개 시동일 뿐이었으므로 다른 무림고수들에 대해서는 아는 바가 별로 없었다.

천상련을 나온 이후로도 진양은 강호 경험이 적었으니, 과연 누가 이들과 견줄 만큼 뛰어난 무공을 가졌는지 알 수가 없었다.

진양이 난감한 표정으로 고개를 저었다.

"제가 아직 강호 경험이 많지 않은데다 아는 바가 적어서 더 이상은 떠오르지 않군요. 하지만 제가 모르는 분들 중에서도 고수 분이 많이 계시겠지요."

그러자 종지령이 발끈해서 나섰다.

"흥! 확실히 아는 게 쥐뿔도 없구나! 위교사왕(爲教四王)을 거론하지 않고 어떻게 천하 고수를 논할 수 있겠느냐? 그리고 그분들 위에 계시는 우리 교주님도 빼놓을 수 없지!"

종지령은 이미 진양 일행이 혈사채와 만나면서 자신들의 정체가 어느 정도 알려졌을 거라 짐작했다. 그래서 딱히 숨길 생각도 없이 소리쳤다.

한편 진양은 위교사왕이라는 별호를 처음으로 들었다. 물론 그 별호는 밀교를 구성하는 직책과 같은 것이었기에 들어 본 적 없는 것이 당연했다.

진양은 대충 그들이 밀교의 일원일 것이라 짐작하고는 감탄한 표정으로 말했다.

"위교사왕이라는 분들이 그 정도로 대단한 줄은 몰랐습니다. 언젠간 한번 뵙고 싶군요."

그러자 노인이 킬킬 웃음을 흘렸다.

"이미 네 앞에 서 있지 않은가?"

그 말에 진양이 깜짝 놀라서 노인을 바라보았다. 진양이 얼른 고개를 숙이며 말했다.

"후배가 위교사왕 중 한 분을 만나게 되어 영광입니다."

물론 인사는 그렇게 하면서도 진양이 이들에게 썩 좋은 감정을 가지고 있는 것은 아니었다. 혈사채에서 밀교의 야비함에 대한 이야기를 들은 후였기에 마음속에서는 어느 정도 경계심을 가지고 있었다.

아니나 다를까, 노인이 허리춤에서 황금빛 삼절곤(三截棍)을 꺼내 들더니 차갑게 말했다.

"무기를 들어라."

진양은 이곳에 도착했을 때부터 일이 벌어지리라는 것을 짐작했기에 놀라지 않았다.

하지만 상대에게서 풍겨지는 기운이 범상치가 않은지라

이번 싸움이 상당히 위험할 것이라고 직감했다. 그렇다고 이들이 자신을 얌전히 보내주지도 않을 것 같았다.

도망가는 방법도 생각해 보았지만 역시 힘들 것 같았다. 종지령만 해도 제법 실력있는 고수인데, 그의 사부가 함께 있으니 이들을 따돌리고 무사히 빠져나가기란 애초에 기대하기 어려웠다.

'어쩔 수 없지. 우선은 싸우다가 기회를 엿봐야겠다.'

진양은 마음을 굳게 먹었다.

그가 정중한 태도로 물었다.

"선배님께서는 존함이 어찌 되시는지요?"

"노부는 금곤삼왕(金棍三王) 갈지첨(葛知添)이다."

이미 밀교의 존재가 드러난 이상 갈지첨은 일부러 자신의 정체를 숨길 필요가 없었다. 게다가 그는 이 자리에서 진양을 죽일 생각이었으므로 더더욱 이름을 가르쳐 준다고 해도 상관없었다.

진양은 허리춤에서 검을 뽑아 들었다.

바로 병기포에서 얼떨결에 가지고 온 부러진 용호검이었다.

진양은 비록 무서운 상대를 만나긴 했지만, 약한 모습을 보이고 싶지는 않았다. 어차피 피할 수 없는 싸움이라면 최소한 당당하게 맞서고 싶었다.

"그럼 후배, 갈 선배님께 한 수 가르침을 받겠습니다!"

갈지첨은 진양이 부러진 검을 들고 낭랑하게 소리치자, 노골적으로 경멸의 시선을 던졌다.

"흥! 과연 건방지기가 하늘을 찌를 듯하구나! 노부를 그딴 부러진 검으로 상대할 수 있을 성싶은가?"

"후배에게 마땅한 무기가 없으니 어쩔 수 없지요."

"좋다, 어디 한번 부러진 검 맛이 어떤가 보지. 지령, 물러서라."

"예, 사부님."

종지령이 얼른 몸을 수 장 밖으로 물렸다.

갈지첨은 삼절곤의 양 끝을 잡더니 삼각형 모양으로 만들어 앞으로 내밀었다. 이는 파자곤(破者棍)이라는 무공의 기수식에 해당되는 자세였다.

진양은 갈지첨의 기수식을 보는 순간 머릿속에 아련하게 스치는 기억이 떠올랐다.

과거 천상련에 있을 때 진양은 밀교에 관한 서적을 접한 적이 있었다. 물론 밀교의 무공에 대한 이야기는 하나도 나오지 않았지만, 기본적인 교리에 대해서 간단하게 언급된 책이었다.

그 책에 의하면 천축에서 넘어온 좌도밀교(左道密教)에서는 삼각형이 남성을 상징한다고 했다. 이때 첨단의 꼭짓점은 의욕을 상징하는 것이고 좌우 변은 각각 힘과 육체를 상징한다고 했다.

이런 기억이 떠오르자 진양은 상대가 삼절곤으로 만든 삼각형 모양을 유심히 살폈다.

'혹시 저 무공은 어쩌면 바로 그 내용과 관계된 것이 아닐까? 천의교 역시 밀교에 뿌리를 두고 있다고 했으니 그럴 가능성이 크겠다.'

진양이 천천히 걸음을 옆으로 옮기며 쉽사리 공격하지 않자, 갈지첨이 먼저 일갈을 터뜨리며 달려왔다.

"어디 받아보아라!"

순간 갈지첨은 빠르게 진양을 향해 쇄도하더니 왼손을 놓고 오른손으로 삼절곤을 휘둘렀다. 그러자 삼절곤의 왼쪽 끝이 철렁 늘어지더니 강한 바람을 일으키며 진양을 향해 날아왔다.

슈우우웅!

진양은 도저히 막아낼 엄두가 나지 않아 얼른 몸을 물리며 피했다.

그러자 이번에는 갈지첨이 왼손으로 삼절곤을 옮겨 쥐고 바깥에서 안쪽으로 후려쳐 왔다. 진양이 얼른 보법을 밟아 반대편으로 튕기듯 물러났다. 동시에 그는 월야검법의 일장춘몽 초식을 펼쳤다.

일장춘몽 초식은 상대의 초식을 풀어버리는 데에 적격이었다.

과연 진양이 부러진 용호검을 후려치자, 매섭게 날아들던 삼절곤이 맥없이 튕기며 날아갔다. 그런데 그 순간 갈지첨이 진양의 품을 파고들더니 그대로 오른손을 내질렀다. 진양은 이제 막 일장춘몽 초식으로 상대의 공격을 와해시킨 직후였기에 미처 그의 장력을 막아낼 겨를이 없었다.

"하압!"

갈지첨이 기합성을 터뜨리며 진양의 가슴을 손바닥으로 격타했다.

그 순간 진양의 몸에서 호체신공이 저절로 발동했다.

이때쯤 진양은 자신의 몸에서 일어나는 호체신공을 스스로도 느끼고 제어할 수 있는 수준이 되어 있었기에 적의 손에 가슴 부위가 노출되면서도 크게 걱정하진 않았다.

한데 적의 강맹한 기운이 호체신공의 반동으로 되돌아가는가 싶더니 다시 해일처럼 커다란 힘줄기가 상대의 손바닥에서 쏟아져 나오는 것이 아닌가.

"커헉!"

깜짝 놀란 진양이 얼른 뒤로 물러났지만, 이미 상대의 공력에 내상을 입고 만 상태였다. 진양은 가슴께에서 비릿한 피 냄새가 올라오는 것을 느꼈다.

갈지첨의 장력에는 두 줄기의 힘이 실려 있었던 것이다. 우선 첫 번째 힘은 순수한 장력이었고, 진양의 호체신공은 그것을 맞받아쳤다.

하지만 그것으로 끝이 아니었다. 삼절곤을 휘두를 때 쏟아부었던 공력이 그때쯤 왼손에서 오른손으로 다시 옮겨오고 있었다. 그러다 보니 진양은 미처 두 번째 힘줄기를 막아내지 못하고 내상을 입고 만 것이다.

한편 이는 갈지첨도 미처 예상하지 못했던 것이다. 오히려 그는 진양의 공력이 생각보다 심후하다는 사실에 깜짝 놀라고 있었다. 만약 삼절곤에 쏟아부은 공력을 오른손으로 옮겨오지 않았더라면 내상을 입는 쪽은 자신이 되었을지도 모른다.

갈지첨은 상대를 깔보던 마음을 싹 없애 버리고는 다시 매섭게 몰아붙이기 시작했다.

그가 이번에는 다시 왼손으로 삼절곤을 휘둘러 왔다. 진양은 아까와 마찬가지로 검을 휘둘러 막았다. 이어서 그는 무섭게 짓쳐드는 갈지첨의 주먹을 장풍으로 막아냈다.

갈지첨은 다시 오른손으로 삼절곤을 휘둘러 왔다. 이번에는 감히 용호검으로 맞서지도 못할 만큼 강맹한 힘이 실려 있었다.

진양이 얼른 바닥을 구르며 빠져나갔다. 그러자 묵직한 삼절곤이 진양이 서 있던 자리를 '쾅!' 하고 내려쳤다.

갈지첨의 공격은 그것으로 끝이 아니었다. 갈지첨은 다시 삼절곤의 끝을 쥐더니 이번에는 안쪽에서 바깥쪽으로 후려쳤다.

진양은 이제 피할 방법도 없었다. 그가 얼른 용호검을 곧추 세우며 공력을 힘껏 불어넣었다.

쩌엉!

고막을 징징 울리는 굉음이 터지면서 진양은 간신히 삼절곤을 막아낼 수 있었다. 지둔도법의 철우비기(鐵牛脾氣)라는 초식으로, 강맹 일변도의 공격을 막아낼 때 유용한 도식이었다.

하지만 이것은 원래 도법인데, 진양은 절반 부러진 검으로 펼쳤으니 검이 멀쩡하게 남아날 리가 없었다. 곧 용호검은 '쩌적' 갈라지는 소리를 내더니 이내 검날이 가루처럼 부서져 내리고 말았다.

이제 진양의 손에 들린 것은 자루도 없는 손잡이가 전부였다.

진양은 다시 들이닥쳐 오는 삼절곤을 피해 성큼 물러났다. 한데 이번에는 또 삼절곤을 피하자마자 그대로 발이 날아왔다.

진양도 얼른 발을 들어 올려 각법으로 마주쳐 갔다.

펑!

서로의 공력이 충돌하면서 요란한 소리가 터져 나왔다.

갈지첨의 삼절곤 초식은 그야말로 변화막측하고 신묘하기 짝이 없었다. 어쩔 때는 철봉도 부술 듯 강맹하게 나오다가 어떨 때는 부드럽고 유연하면서도 날카롭게 파고들었다.

특히 오로지 삼절곤만을 사용하는 것이 아니라 장, 권, 각을 고루 섞으며 쳐들어오니 이것이 과연 삼절곤의 초식인지, 장법의 초식인지, 아니면 권법이나 각법인지 알 수가 없을 지경이었다.

진양은 삼절곤을 이리저리 피하고, 장, 권, 각을 연신 막아내면서 점점 수세에 몰릴 수밖에 없었다. 진양은 자신의 얼굴을 향해 날아오는 삼절곤을 얼른 고개 숙여 피하면서 재빨리 손에 들고 있던 손잡이를 집어 던졌다.

손잡이 자체로는 아무런 위협이 될 수 없겠지만, 진양이 공력을 담아 힘껏 던지니 그것 나름대로 공격의 효과가 있었다.

하지만 갈지첨은 코웃음을 치며 삼절곤을 휘둘러 가볍게 손잡이를 쳐냈다.

따앙!

진양은 마지막 수단마저 허무하게 실패하자 허탈한 심정과 함께 불끈 화가 치밀었다. 그래서 갈지첨을 향해 바락 소리쳤다.

"위교사왕이 무림일절이라고 하더니 어린 제가 무기도 없이 싸우는데 참으로 너무하십니다! 이건 정말 불공평하군요!"

그러자 갈지첨이 문득 공세를 멈추고 진양을 노려보았다.

"흥! 네 녀석이 무기를 가지고 있다고 한들 노부를 상대할 수 있을 것 같으냐?"

"길고 짧은 것은 대봐야 아는 것 아니겠습니까?"

사실 이 시절 무림의 대선배와 소년이 싸우는 것은 그 자체로도 수치스러운 일이었다. 뿐만 아니라 무기를 들고 적수공권의 상대를 일방적으로 공격하는 것 역시 매우 비상식적으로 여겨지는 행위였다.

물론 갈지첨이 그다지 정의로운 인물은 아니었다. 만약 이 자리에 진양과 그 둘만 있었다면 갈지첨은 코웃음으로 받아 넘겼을 것이다.

하지만 지금은 제자인 종지령이 지켜보고 있었다. 갈지첨은 제자를 의식하게 되자 왠지 민망한 기분이 들었다. 그리고 진양의 말이 그의 자존심을 건드린 것도 사실이었다.

이에 갈지첨이 종지령을 돌아보며 소리쳤다.

"지령, 이 아이에게 네 검을 빌려주어라."

만약 종지령이 조금만 더 현명했더라면 사부의 이런 속마음을 꿰뚫어보고 검을 부러뜨리거나 멀리 집어 던졌을 것이다. 그러고는 자신의 검이 이제 없어졌으니 빌려줄 수 없다고 말했을 것이다. 그럼 비록 자신은 비열한 인간이 되겠지만, 사부의 체면은 살리게 되고 적을 도와주는 번거로운 일은 피할 수 있지 않겠는가.

하지만 종지령은 그 정도로 영악하지가 못했다. 그저 사부의 명이니 열심히 따를 뿐이었다.

"예, 사부님."

종지령은 그저 자신의 사부가 공정하다는 생각에 뿌듯한 마음까지 들었다. 그가 진양에게 검을 건네주며 차갑게 비웃었다.

"우리 사부님께서 공명정대하시기에 너에게 기회를 주는 줄 알아라!"

"그렇게 공명정대하신 분들이 표국을 습격하고 혈사채를 배신하는 비열한 짓을 저지른 것입니까?"

"흥! 그것과 이건 다르지! 지금은 무인의 도라고 볼 수 있지만, 그 경우에는 어디까지나 전략과 전술을 사용한 것이다! 머리로 이긴 것도 이긴 것이요, 힘으로 이긴 것도 이긴 것이다!"

종지령은 무공이 제법 높은 수준이었지만, 학문이 깊거나 언변이 능통한 자는 아니었다. 그는 그저 자신이 아는 말, 또는 들은 말들을 이리저리 끼워 맞추며 떠들어댔다.

갈지첨은 다시 삼절곤으로 역삼각형 모양을 만들며 기수식을 취했다.

"이제 네게 무기를 줬으니 공평하겠지? 이제는 죽어도 나를 원망하지 말거라!"

진양은 대답 대신 검을 눕히고 발을 내뻗어 기수식을 취했다.

'검을 손에 넣긴 했지만 이대로는 갈지첨을 이기긴 힘들겠다. 어쩌면 내가 여기서 죽을지도 모르겠구나.'

진양은 상대의 무공이 자신보다 월등하게 뛰어나다는 것을 알았다. 지금까지 버틴 것만도 요행이라고 볼 수 있었다. 더구나 지금 자신은 경미하지만 내상을 입은 상태인데 갈지첨은 상처 하나 없었다.

도무지 상황을 역전시킬 방도가 보이지 않았다.

그때 진양은 문득 갈지첨이 삼절곤으로 역삼각형을 만들고 있다는 사실이 마음에 걸렸다.

'처음에는 삼각형이었는데 지금은 역삼각형 모양이군. 그러고 보니 싸울 때도 간간이 저 기수식이 바뀌었는데 왜 그런 것일까? 예전에 읽은 책의 내용을 보자면, 밀교에서 역삼각형은 여자를 상징한다고 했지. 도대체 저 모양과 펼쳐지는 초식은 무슨 연관이 있을까?

하지만 진양이 느긋하게 앉아서 연구할 수 있는 시간은 주어지지 않았다.

갈지첨이 다시 기합을 내지르며 진양에게 쇄도해 온 것이다. 그가 이번에는 오른손으로 삼절곤을 휘둘러 왔다. 안쪽에서부터 바깥쪽으로 강하게 후려치는 초식이었다.

진양은 얼른 철우비기 초식을 펼쳐서 삼절곤을 막아냈다.

쩌엉!

이번에도 육중한 힘이 검신을 타고 팔뚝까지 전해졌다. 하지만 과연 용호검보다는 좋은 재질의 검인지 검날이 부러지진 않았다.

그때 갈지첨이 왼손으로 장을 뻗어왔다. 진양은 얼른 뒤로 물러나며 상대의 손길을 피했다. 이어서 그의 왼쪽 겨드랑이를 향해 검을 휘두르자, 갈지첨이 얼른 발을 뒤로 빼내더니 다시 이번에는 왼손으로 삼절곤을 휘둘러 왔다.

진양은 양쪽 다리를 쫙 벌려 앉으면서 삼절곤을 피했다. 진양의 머리를 아슬아슬하게 스쳐 간 삼절곤이 옆에 선 나무 기둥을 '쾅!' 하고 후려쳤다.

순간 나무가 '우지끈!' 소리를 내지르더니 육중한 소리와 함께 두 동강이 나서 쓰러지고 말았다. 비록 아주 굵은 나무는 아니었지만 진양은 그 모습을 보자 등줄기에 식은땀이 솟아났다.

이렇듯 상대의 삼절곤 초식이 신묘막측하니 진양으로서는 그때그때 피하고 막는 것이 전부였다.

그렇게 대략 스무 초식을 넘기고 있을 때쯤이었다.

진양은 갈지첨이 다시 삼절곤으로 삼각형을 만드는 것을 보았다. 이어서 상대가 오른손으로 삼절곤을 휘둘러 왔다. 그 기운이 강맹하기 이를 데 없었지만, 진양은 공력을 한껏 끌어올려 정면으로 막아내기로 결심했다. 그가 검을 곧추세우고 철우비기 초식을 펼치자, 날아들던 삼절곤이 또 한 번 요란한 소리를 울리며 튕겨 나갔다.

진양은 온몸이 떨려오는 감각에 두 눈을 질끈 감았다. 이제 상대의 장법이나 권법, 혹은 각법이 날아들면 모든 것이 끝이었다.

하지만 이상하게 아무런 공격도 날아오지 않았다. 진양이 정신을 차리고 보니 갈지첨 역시 전신에 전해진 충격으로 잠시 호흡을 가다듬는 듯했다.

그 순간, 진양의 뇌리에 섬광처럼 스쳐 지나가는 생각이 있었다.

'아! 그거구나!'

진양은 자신의 생각이 맞는지 확인하기 위해서 일부러 큰 소리로 기합을 내지르며 검을 휘둘러 갔다.

"이야압!"

그러자 갈지첨이 뒤로 성큼 물러서더니 역삼각형을 만들며 오른손을 후려 왔다. 진양은 그 모습을 보며 얼른 검을 휘둘러 일장춘몽 초식을 펼쳤다. 그러자 갈지첨의 삼절곤이 맥없이 튕겨 나갔다.

'그리고 왼손!'

진양이 얼른 손을 돌려 뻗자 아니나 다를까, 갈지첨의 왼손이 진양의 등을 향해 짓쳐들고 있는 것이 아닌가.

진양은 이미 예상하고 있었기에 얼른 장을 뻗으며 공력을 한껏 발출했다.

펑!

갑작스럽게 반격이 들어오자 갈지첨은 깜짝 놀라 뒤로 훌쩍 물러갔다.

진양은 그제야 상대의 초식을 어느 정도 파훼할 수 있었다.

'맞았어! 기수식으로 삼각형을 그릴 때 오른손으로 휘둘러 오면 공력이 최대한 실릴 것이다. 그리고 왼손으로 휘둘러 오면 그것은 변초나 허초일 가능성이 크다. 하지만 뒤이어 오른쪽에서 장권각이 날아오니 항시 방비해야 한다. 그리고 삼절곤의 가운데를 쥐고 휘둘러 올 때는 양쪽을 모두 방비하면서 집중해야 하는구나. 하지만 기수식이 역삼각형을 그릴 때는

이와는 반대로 대적해야 한다.'

실제로 진양이 파악한 것은 놀랍도록 정확한 것이었다.

갈지첨이 사용하는 무공은 두 가지가 혼합된 것이었다. 하나는 파자곤이었고, 다른 하나는 종인곤(種印棍)이었다. 이는 기수식이 달랐는데, 파자곤은 삼절곤으로 삼각형을 만드는 것이었고, 종인곤은 역삼각형을 만드는 것이었다.

삼각형은 밀교에서 남성을 상징하는 것이고, 역삼각형은 여성을 상징하는 것이다. 각각의 좌우 변은 힘과 육체를 상징했으며, 정점은 의욕과 의식을 상징하는 것이었다.

즉, 삼절곤에서 힘 부분을 쥐고 휘두를 때는 강맹 일변도이며, 육체 부분을 쥐고 휘두를 때는 변초나 허초가 앞선 후 권장각이 뒤를 따르게 되어 있었다. 그리고 삼절곤의 가운데 부분을 잡고 휘두를 때는 양쪽을 모두 교란시키며 공격하는 것이었다.

이때 파자곤은 상대방의 입장에서 왼쪽이 힘에 해당했고, 종인곤은 당사자의 입장에서 왼쪽이 힘에 해당했다. 때문에 두 곤법의 초식은 서로 반대를 이루고 있었다.

진양은 초식의 원리를 모를 때는 도무지 삼절곤의 움직임을 종잡을 수가 없었다.

하지만 이제 그 원리를 대충이나마 깨우치고 나니 의외로 단순한 초식이라는 것을 알 수 있었다.

기운을 얻은 진양은 과감하게 갈지첨을 향해 검을 휘둘러 갔다. 갈지첨은 진양이 갑자기 저돌적으로 나오자 일순 당황해서 삼절곤을 후려치며 물러났다.

진양은 거듭 십절류의 초식들을 연환식으로 펼치며 갈지첨을 몰아쳤고, 갈지첨 역시 방어를 펼치며 계속해서 후퇴했다.

하지만 갈지첨은 백전노장이나 다름없었다. 그는 곧 자세를 가다듬고 파자곤과 종인곤의 무공을 섞으며 진양을 대적하기 시작했다.

진양은 이 두 무공의 이치를 어느 정도 깨우치고 있었기 때문에 처음처럼 막무가내로 당하진 않았다.

하지만 역시 머리로 이해하는 것과 몸이 따라가는 것은 또 다른 문제였다.

갈지첨은 진양이 의외로 잘 막아내자, 더욱 공력을 실어서 매섭게 몰아쳐 갔다. 또한 초식의 변화 역시 더욱 현란하게 바꾸었다.

이렇게 되자 진양은 우세를 점했던 것도 잠시, 금방 수세에 몰리기 시작했다. 다시 스무 초식쯤 지나자 진양은 점점 허점을 보이기 시작했다.

내공으로 따져도 결코 밀리는 진양이 아니었지만, 어디까지나 깊이있는 무공을 익히지 못한 것이 한계였다. 결국 진양은 삼절곤을 막아낸 뒤 갈지첨이 내뻗은 장을 막아내지 못했다.

갈지첨의 손이 가슴에 닿는 찰나 다시 한 번 호체신공이 일어나긴 했으나 두 번째로 이어지는 힘줄기를 또 막아내지 못한 것이다.

"커헉! 쿨럭!"

이번에는 갈지첨이 더욱 큰 공력을 실었기에 진양의 내상이 깊었다.

그가 기침을 하자 시뻘건 피가 입 밖으로 쏟아져 나왔다.

진양은 안색이 하얗게 질려서 비틀비틀 물러갔다.

갈지첨이 진양을 바라보며 말했다.

"어린 나이에 이만큼 나를 상대할 수 있다는 것이 놀랍구나."

여전히 날카로운 목소리였지만, 그의 말투에는 진심 어린 찬탄이 서려 있었다.

하지만 그는 곧 냉정한 눈동자로 돌아왔다.

"하나 우리 일을 방해한다면 살려둘 수 없지."

그가 차갑게 말을 뱉고는 삼절곤을 세차게 휘둘렀다. 진양은 남아 있는 진기를 모조리 짜내 철우비기 초식을 펼쳤다.

일장춘몽을 펼쳤더라면 이만큼 많은 진기를 소모하지 않

아도 되겠지만, 지금 갈지첨이 사용한 초식은 삼각형을 기수식으로 한 파자곤에 해당되는 것이었다. 일장춘몽은 양(陽)으로 음(陰)을 제압하는 초식이었기에 종인곤의 초식을 막을 때나 유리한 것이었다.

결국 진양은 젖 먹던 힘까지 짜내어 철우비기를 펼치고 간신히 삼절곤을 막아낼 수 있었다.

쩌엉!

육중한 소리와 함께 진양이 금방이라도 쓰러질 것처럼 터벅터벅 물러났다.

이제 한 번만 더 삼절곤을 휘두른다면 진양은 그 자리에서 목숨을 잃을 수밖에 없었다.

그러나 진양은 끝내 나약한 모습을 보이지 않으려고 어금니를 꾹 깨물었다.

'내가 오늘 이렇게 죽는구나!'

갑자기 죽음을 직면하게 되자 그동안 만났던 사람들이 주마등처럼 스쳐 지나갔다. 마지막으로 그의 생각은 표국의 유설에게 머물렀다. 그녀의 꽃 같은 얼굴을 떠올리자 문득 그리움과 함께 슬며시 미소마저 그려졌다.

한편 갈지첨은 진양이 희미하게 미소를 머금자 속으로 뜨끔했다.

'이 녀석이 아직도 힘이 남아 있는 건가? 저 웃음의 의미는

뭐지?'

그때였다.

갈지침은 문득 남쪽 방향에서 매서운 기운이 날아오는 것을 느꼈다. 그는 혹시나 진양이 무슨 꿍꿍이 속셈을 가지고 있는지 의심되어서 잔뜩 긴장하고 있는 차였다.

한데 갑자기 강맹한 기운이 날아오니 적지 않게 놀랐다. 그가 얼른 몸을 돌리고 방어 태세를 갖추는데, 다행히 그 기운은 옆쪽 숲 속으로 날아들어 갔다.

그 순간 숲이 흔들 움직였다.

갈지침과 종지령이 깜짝 놀라서 옆의 숲을 바라보았다.

종지령이 소리쳤다.

"거기 누구냐!"

그러자 수풀이 부스럭부스럭 움직이더니 무언가가 이쪽으로 다가오고 있었다. 그 기운이 몹시 희미해서 두 사람은 상대가 어떤 사람인지 종잡을 수가 없었다.

그런데 다음 순간 두 사람은 맥이 탁 풀리고 말았다. 수풀을 헤집으며 비틀거리며 나타난 것은 화살에 맞아 쓰러지기 직전인 노루 한 마리였다.

남쪽에서 날아온 강맹한 기운은 바로 노루의 몸에 박힌 화살이었던 것이다.

놀라기는 진양도 마찬가지였다.

이제 꼼짝없이 죽겠구나 하고 삶을 포기하고 있었는데, 뜻밖에 나타난 노루 한 마리가 자신의 목숨을 연장시켜 준 것이다. 또한 노루의 몸에 화살이 박혀 있으니 근처에 사냥하던 사람이 있을 거란 뜻이고, 날아온 기세로 보아서는 범상치 않은 인물이 분명했다.

어쩌면 자신이 목숨을 건질 수 있는 절호의 기회일지도 몰랐다.

한편 종지령은 얼른 옆의 나무를 타고 올라가더니 먼발치를 내다보고는 재빨리 내려왔다.

"사부님! 황실의 깃발입니다!"

황실이라는 말에 갈지첨의 표정이 대번에 일그러졌다.

"어디에 있더냐?"

"금방 이곳으로 올 것 같습니다! 지금 마주쳐서 이로울 것은 없으니 우선 여길 떠나시는 것이 좋겠습니다."

"크흠."

갈지첨은 불편한 침음을 흘리며 진양을 돌아보았다.

진양은 이제 살 수 있을지도 모르겠다는 생각에 눈빛이 빛나고 있었다. 그 모습을 본 갈지첨은 속으로 다른 생각을 했다.

'저 녀석이 아까 지은 미소가 이 때문이었나 보군.'

사실 진양은 지금 두 다리로 서 있는 것조차 힘든 지경이었다. 만약 갈지첨이 지금 그에게 가서 가볍게 천령개만 내려쳤어도 진양은 꼼짝없이 죽을 목숨이었다.

하지만 갈지첨은 진양의 상태가 어느 정도인지 알지 못했다. 처음에는 그도 진양을 죽일 일만 남았다고 생각했는데, 마지막 그 미소가 영 찜찜했던 것이다.

누가 알았으랴?

삶의 끝자락에서 떠오른 한 여인의 얼굴이 이 순간 죽음도 피해가게 만들 줄을.

갈지첨은 진양을 향해 차갑게 말했다.

"흥! 오늘은 하늘이 널 돕는구나! 하나 다음에 날 만나면 살 생각을 버려야 할 것이다!"

결국 그는 종지령을 데리고 북쪽 숲 속으로 몸을 날렸다. 이내 두 사람의 기척은 귀에 들리지도 않았다.

진양은 다리가 후들거려서 도저히 더 이상 서 있을 수가 없었다. 두려워서가 아니라 모든 기운을 다 소모했기 때문이다.

진양은 검을 지팡이 삼아 기대고 서 있다가 이내 털썩 무릎을 꿇고 말았다. 그때 마침 여러 명의 인기척이 들리더니 말발굽 소리가 가까워졌다.

진양은 다음 순간 앞으로 털썩 엎어졌다.

엎드려 있는 진양의 시야에 말발굽과 사람들의 발치가 보이기 시작했다.

누군가 소리쳤다.

"저하! 여기 웬 사람이 쓰러져 있습니다!"

"사람이?"

아직은 앳된 목소리가 들렸다. 진양은 그 목소리가 상당히 귀에 익었다. 바로 얼마 전 남옥의 집에서 만났던 황손 주윤문의 목소리였던 것이다.

말발굽 소리가 다가오자, 다시 또 다른 굵고 묵직한 목소리가 들렸다.

"저하, 수상한 자일지도 모르니 조심하십시오."

이때쯤 진양은 눈이 가물가물 감기고 있었다.

누군가 자신 앞에 와서 이리저리 몸을 만지고 살피더니 돌아서서 말했다.

"저하, 아무래도 부상이 심한 것 같습니다."

"흐음, 내가 직접 보지."

누군가 말에서 내리는 소리가 들리더니 진양이 있는 곳으로 가까이 다가왔다. 진양이 가만 보니 신발이 고귀해 보이는 것이 틀림없이 주윤문일 듯했다.

아니나 다를까, 주윤문의 놀란 목소리가 다시 귀에 이어졌다.

"아니, 그대는 양 소협이 아니오? 어쩌다가 이 지경이 된 것이오?"

주윤문이 소리쳐 물었지만, 진양은 지금 두 눈을 뜨고 있는 것조차 힘이 들었다. 체력과 공력이 모조리 바닥난 지금 그는 초인적인 힘으로 버티고 있었다.

이내 주윤문이 소리쳤다.

"이자는 내가 아는 사람이다! 어서 이자를 데리고 궁으로 돌아가자!"

"예, 저하!"

진양은 사람들이 대답하는 소리를 들으며 의식의 끈을 완전히 놓아버렸다.

『신필천하』 3권에 계속…